有些事，一想就流泪

子言 著

北京理工大学出版社
BEIJING INSTITUTE OF TECHNOLOGY PRESS

目录

世界上的一切光荣和骄傲，都来自母亲。

——高尔基

世界上只有一种真正的英雄主义，那就是在认识生活的真相后，依然热爱生活。

——罗曼·罗兰

Chapter 1

没在深夜痛哭过的人，不足以谈人生

01

我和女朋友深爱三年，一年多以前，她因为车祸去世。出事前一个小时，我还和她通过电话。

刚开始那半年，我是抱着分分钟想死的心过来的。删除了她所有的联系方式，我知道她再也不会上线了。我一直都记得，她的QQ签名是：不是我找到最好的，而是最好的选择了我。她的东西，我全部收起来放在一个大盒子里。重新布置了房间，尽量抹去她的痕迹。否则，只要一想到她，我就痛不欲生。

慢慢地，房间里逐渐没有了她的味道。

如今，心不再那么痛了，我以为可以若无其事地开始新生活。然而，并没有用。

我用的电脑，时不时地能看到一些她的搜索记录，淘宝收藏夹里还有她收藏的东西。她的一些会员卡，是以我的电话注册的，时不时地会收到一些问候和促销短信。

前几天晚上洗澡的时候，我忘了带毛巾，下意识地喊了一句：“佳佳，帮我拿下毛巾。”我以前总是忘了拿毛巾，都是她拿给我的。

话一出口，我就愣住了，我清楚而刻骨地感受到，她一直存在我的脑海深处，从未离开。

那个晚上，我任凭莲蓬头冲刷着我泪流满面的脸，都不知道那个晚上是怎么过来的。

希望，这个世上相爱的人永远不分离。

02

高中时期，我的成绩一直都是班里第一，年级前五名。不出意外的话，上重点本科是板上钉钉的事情。然而，命运和我开了一个玩笑。在高考当天，我得了急性肠炎，考试发挥失常，成绩只能勉强上三本。因为自尊心，也因为家里条件差，我选择了复读。那一年，我读高四，男朋友念大一。我父亲做小生意，母亲身体不好，一直在家养病。一切说不上好，但也说不上坏，但是悲剧的种子也就此埋下。

复读那年，我拼命学习。我知道，这是我关乎生死存亡的关键一年，为了自己，为了和男朋友上同一所大学，也为了家庭，绝对不容有失。

但命运又开始了对我的捉弄。在高考前几天，异地的男朋友被我发现有了新欢。母亲因为医疗事故，突然去世了。这两件事情，对我的打击可想而知。我整个人都崩溃了，高考也直接落榜。

这三件事情，几乎同时发生，是我人生最痛苦艰难的时刻，整个人都变得精神恍惚，每天以泪洗面。现在回想起来，我都不记得自己当时是怎么熬过去的。只依稀记得，有几个好朋友，专门从外地来看我。他们给了我鼓励和支持，让我这颗破碎的心感受到了温暖。我不由心生欣慰，即使全世界与我为敌，至少还有亲人和朋友站在我这边。那时候，我就想，我并不是孤单一人，身边还有很多爱我的人。我要活下去，继续走我的人生路。

终于，在亲友们的关爱下，在时间的稀释下，我慢慢从那段阴霾走了出来。

如今，我有了美满的家庭和满意的工作，还有不离不弃的好朋友。爸爸也组建了新家庭，他和继母很幸福。一切都很美满，一切都很满意。

也许，假如命运将你击倒，只是为了让你站起来的时候更加坚强，更懂得珍惜。

03

读小学的时候，我经常因为交不起学费，被老师赶回家。当别的同学在教室学习的时候，我却只能回家找父母要学费。但是我知道，这是徒劳的，家里真的没有钱。拿不出钱，就意味着不能去上学，年幼的我只能经常大哭。记得有一次，我妈气急了，流着泪从柜子里拿出几十元钱，一把甩在我身上："家里就这么多了，你都拿去吧。"当然，我没有拿那笔钱。我离家出走了，一个人躲在桥下，绝望地哭了一个下午。

小学三年级的时候，同学们在一起玩滑梯。结果一个同学被我挤了下去，从滑梯摔到了地面上，把手磕破了。同学哭着向班主任告状，班主任打电话通知我妈妈，去同学家里道个歉。

妈妈买了一袋旺旺雪饼放在桌子上，准备晚上去道歉。我以为是买给自己的零食，欣喜若狂，很开心地打开吃了起来。

过了一会儿，妈妈回来了，看见我在吃，气得打了我一顿。打完后，妈妈抱着我哭了，告诉我，我们没钱给人家再买一袋了。

还有一件事，我一直都记得。当时，我和几个同学商量着一起出去春游。回家后，我跟妈妈说："我想和朋友出去玩，需要几十块钱。"我妈沉默了好一会，然后抬起头跟我说："咱不去行吗？"我忽然就意识到了穷的辛酸。从此以后，除了学杂费，我从来没有再向家里要过钱。

如今，我虽然事业有成，但是想起这些往事，还是会忍不住伤心落泪。

04

你见过凌晨四点的天空吗？当你迷茫的时候，建议你看一看。

有一段时间，我陷入了迷茫，完全找不到人生的方向。

一次，通宵加班之后，我走出写字楼，天还是蒙蒙亮的。突然，我感觉到一丝异样，转头一看，发现太阳从地平线露出了一条线，整个世界都被点亮了，朝霞无比灿烂，眼前的世界从未有过的清晰。凉风习习，空气清新，浑身说不出的舒坦惬意。

我平生第一次被大自然感动哭。

万物有灵且美。没有什么过不去的坎，我们都能向着朝阳奔跑。我们都要加油啊，因为岁月还这么好！

05

大学快毕业的时候，男朋友决定出国，却一直没告诉我。他买了回家的火车票，准备不告而别。走之前的晚上，我平静地问他，是否要出国。他承认了。然后我们分手。

从此以后，我开始找工作。没想到，一找便是半年。

当时，大学所有的好朋友，包括前男友，全部都要出国读书。

我跟他同一天生日。那天，我发信息给他：生日快乐。他只回了两个字：谢谢。

每天忙完面试，坐两个小时的公交车回宿舍，屋里一个人都没有，黑得瘆人。我一个人害怕，就把所有的灯打开。

天气越来越冷，我就睡衣外面套毛衣，外面再裹上羽绒服，像熊一样，但还是冷得不行。

当时没钱买智能机，用的是一台破旧的诺基亚，手机电池不经用，早上满电出门，到下午就没电了。学校在郊区，每次面试都要去市中心。我经常早上六点半出门，晚上十点才能回宿舍。

没有人可以依靠，也没有人可以安慰。我随身带着一个小本子，上面记着两位好友的电话号码。

后来，朋友来学校看我，看到我记的电话号码，顺嘴就问了一句。

我说：我知道你住得离我很近，可以接我回家。

朋友的眼泪当时就下来了。我这辈子都记得他当时的样子。

找工作的半年里，我拿到了十份不错的 Offer，但我心高气傲，一心只想进名企。理想很丰满，现实很骨感。最终，我一败涂地。

当时，父母每天打电话了解找工作的进展，劝我先就业再择业，找个差不多的工作就行了。我听得耳朵都起茧子了。

整整半年时间，几乎没有一个可以说话的人，也没人问我辛苦不辛苦。每天就是起床，开电脑，投简历，发疯一样寻找应届生校招信息。经常穿着 10 厘米的高跟鞋追公交车，在市区奔波穿行。

有一次，因为没钱坐公交车，走了整整 3 个小时的路回学校。回到宿舍的时候，整个人都是麻木的。

那段时间，我一个人投简历，一个人去面试，一个人去听宣讲会，一个人五点起床赶第一班公交车，一个人去食堂吃饭，一个人在半夜去买夜宵，一个人生病，一个人绝望的时候坐在湖边哭。

在宣讲会上，总是遇见不同的人问我：你怎么还在找工作?

我知道，是我对自己太苛刻。或者说，不信命。

最终，我签了一家自己很喜欢的公司，被同学们奉为“面霸”和“大牛”。但只有我知道自己经历了什么。

再后来，我毁约，签了现在的公司，过着小富即安的生活。然而，这并不是我想要的。

直到现在，我一直觉得大四上学期是我人生中最孤独艰难的半年。

抛弃我的人太多，不信任我的人太多，嘲笑我的人太多。这些没打死我的，都让我变得更加强大。

成长，都是用眼泪和伤口换来的。

06

快毕业时我找了份实习工作，在北京。当时爸妈并不同意我去外地，所以这次实习我也没告诉他们，都是自己做的决定。

到了北京，一个人去面试，不会坐地铁，结果迟到了半个多小时，整个人汗流浃背地赶到面试地点，非常狼狈。但比较幸运的是，这家公司缺人，几乎当场就决定录用我，试用期三个月，工资 1200 元。我记得面试通知上写的薪资水平是 2400 元，但他们的回答是试用期工资减半。虽然工资很低，但我还是想试一试，就留了下来。

拿着爸妈给的生活费，在六环外租了一间地下室。夏天屋里潮湿闷热，洗了的衣服总是晾不干，还有一股馊味，以至于在公司的时候，同事们都不太愿意和我说话，离我都远远的，有事情吩咐我的时候，也只是在网上通知。公司聚会我更是一次都没有参加过，因为没有多余的钱，而且，大家也都不希望我去吧。

每天晚上，我都守在 9 平方米不到的小地下室里，早早洗漱好，躺在床上。偶尔月光会从小窗口，不，应该是小通风口里照射进来时，我会有一种想要放弃的心情，心想家里条件也不是很差，明明可以衣食无忧，为什么非要自己找别扭，跑到这种地方过这种憋屈的日子。想着想着就觉得特别委屈，想大哭一场；想跟家里人诉苦，却又没办法开口。第二天五点半照样起床，坐半个小时的公交到地铁站，再换乘两次地铁，两个小时后出现在办公室的工位上，接受新一天的虐炼。

就这样熬过了三个月，我跟公司提出转正申请，他们竟然说不想再用我了。我问原因，他们也只是敷衍我。我当时就傻了，也就是说我被他们忽悠着白干了三个月。

我拿着最后一个月的工资回到地下室，大脑一片空白，趴在床上整整哭了一下午。

直到电话突然响起，我接起来，是我爸。他说家里的桃子熟透了，留了很多给我，问我什么时候回家一趟。我哑着嗓子说，“等过一阵子就回家。”我爸听我声音不对，就问我怎么了。我咬着牙说病了，电话那端突然就沉默了。

好一会儿我才听到爸爸说：“孩子，我知道你很独立，有自己的想法，我也不想多说什么。但是你要记得一点，无论遇到什么，人生处处是起点，永远都可以重新上路。”

挂了电话之后，我冷静许多，于是打开电脑，又开始投简历，寻找新的工作。

后来因为有过这次实习经历，我被一家比较大型的公司录用了。当然还是从助理开始做起，不过公司提供员工宿舍，所以我终于搬离了狭小的地下室。我开始和公司的同事接触，经常和大家一起交流。一年后，我成为公司一个品牌小组的负责人，工作很忙，工资也不错，至少不用再跟爸妈要钱养活自己。

我一直都提醒自己，一切永远是起点，我才刚刚踏上下一段梦想的旅程。

生活不可能像你想象的那么好，但也不会像你想象的那么糟。人的脆弱和坚强，永远都会超乎自己的想象。有时，我可能脆弱得一句话就泪流满面，有时，我发现自己咬着牙，跪着走了很长的路。

07

大学毕业后，我通过了一家银行的招聘考试，成为千分之一的幸运儿。当我高兴地通知家人的时候，却没想到他们极力反对我去外地工作。而且，我当时有一个交往了四年的女朋友，也是家里那边的人，她要回家工作，她的家人也不愿意我们分隔两地。

于是，在腹背受敌的情况下，我抵不过他们两拨人的轮番轰炸，只得放弃了我花费了整整半年时间的努力成果，回家和一个朋友一起创业。

我和朋友合伙开了一家装修材料厂，各占一半股份。还不到一年，就遇到了原材料疯涨的经济危机，工厂一夜之间就濒临倒闭，转眼我便背上了二十多万的负债。

女朋友家里条件还不错，我就想去找她，向她家里借点钱周转一下。当时我手机没电，就直接去了她单位。推开她办公室门的那一刻，我觉得如同五雷轰顶，一直被我捧在手心里的女孩正坐在一个四十多岁的男人的大腿上。我这才知道，在我心里天下最单纯最善良的女孩竟然已经给她的领导当了半年多的地下情人，而我还天真地以为她把她最好的爱都给了我。

我永远忘不了那个夜晚，我坐在厂房里，一个人抽闷烟，喝闷酒，一直到天亮，陪伴着我的还有手机不停发出的短信声，那是女朋友请求我原谅的短信。

第二天，我就简单地收拾了行李，离开了家里，去了天津一家知名的装修材料厂，想要学习技术。第一份活是扛油漆桶，我从来没有干过这种重活，不到一个星期，肩膀就脱了两层皮。天天在太阳下暴晒，整个人红彤彤的，跟刚煮熟的大虾一样。就这样，我抓住一切机会努力学习技术，向一些老师傅悉心求教。渐渐地，厂里开始重用我。一年后，我成了区域经理的重点培养对象。

当时，原材料危机已经平息，我抛弃了刚有起色的工作，在一片反对声中回到了自己的家乡。我发誓一定要靠着一年多在外所学的东西，把工厂救活过来。

当我说明自己的想法时，我的朋友和他妈妈却告诉我，如果不申请破产，就把他们的股本还给他们，由我一个人承担风险。

也许我骨子里就是一个不服输的人。我以我自己的股份为代价招来了投资人，凭借积累的经验悉心经营，像对自己的孩子一样对待这家早已摇摇欲坠的工厂。终于功夫不负有心人，半年后工厂起死回生，年底的时候竟然已经能够盈利了。

收到第一笔回款的时候，我把自己关在办公室里痛哭了一场。然而我没想到的是，第二天我那个朋友一家全都住进了工厂里。也许是我上辈子欠他们的，所以注定这辈子要对他们百倍偿还吧。

于是，我把工厂全权交给朋友打理，自己净身出户，一分一毫都没带走。他们都笑我傻，但我却觉得一身轻松，像是了结了一个莫大的心愿一样。

欧·亨利曾经说过："生活就是微笑、抽噎和哭泣，尤以抽噎占统治地位。”生活，让我在年轻的时候，就有幸品尝到了它的真谛。

08

俗话说，祸不单行。我便是如此。失业的时候，正好赶上房东硬要涨房租，我没什么钱，只能在隔壁小区应急找了一个便宜的房子，连夜搬家。

没钱请搬家公司，只能自己像蜗牛似的一趟趟地搬。大半夜还下着小雨，只有我一个人在漆黑一片的马路上来来回回。

我记得有一个放零钱的存钱罐，搬行李下楼的时候不小心摔碎在楼道里，叮叮当当地散落了一地。我一点一点把钱捡起来，捡着捡着，怎么也捡不完，干脆坐在了楼梯台阶上。

声控灯不一会儿就灭了，我看着黑洞洞的楼道，突然就有点想哭，就那么一直坐到了天亮。

当时的我觉得那段时间是我过得最困难、最潦倒的日子，可后来我单枪匹马，自己白手起家创业时，才知道其实人生中根本就没有什么最困难、最潦倒的时刻。谁也不知道人生的下一步会遇到什么样的事情，是好是坏，总要慢慢走下去才能知道。

09

留学时，我在一家中餐厅打工，按工作时间结算工资。黑心老板总会故意挑一些毛病，比如盘子没洗干净，垃圾没有清理，座椅摆得不整齐等，克扣本来就不多的工资。常常累死累活一天，拿到手的钱寥寥无几。为了节省花销，我舍不得坐公交车回家，通常都是步行一个小时，走回住的地方。

我和一个美国女生合租，那个女生属于交际花的类型，经常会带朋友回家开 party，玩到很晚，而累了一天的我只想清静清静。为此我和那个女生大吵了一架，从此两个人再没说过一句话。那个女生不但没有因此收敛，反而变本加厉，开始带人在家里过夜。而且还有好几次都故意把我反锁在家门外面，我只能默默地跑到隔壁的 24 小时便利店里熬夜。

我也想过搬家，却因为预交的房租不能退还，只能忍耐。几乎每天都睡不好，神经衰弱很严重。白天上课的时候常常会不小心就打盹，好几次都被教授点名，很丢脸，学业也因此受到了影响，整天过得浑浑噩噩的。

为了有钱搬家，我又去打了两份零工，过了半年多节衣缩食的日子终于攒够了钱。没有钱租车，只能坐地铁，一趟又一趟地自己搬行李。虽然很累很辛苦，但是很兴奋，我以为所有的事情即将会往好的方向发展，却没想到在地铁上丢了所有的钱和证件。

我清楚地记得那一刻心中的绝望，一个人在地铁站默默流泪，哭到眼泪都快干了。从此以后，我就适应了独身在外的生活。也许，生活就是这样，在你付出眼泪后，才能接触到它的本质。

10

那段地狱般的生活，我现在想起来还心惊肉跳的。

厄运连连，是当时我们一家人的生活写照。

我刚工作，在一家很小的私营公司，老板刻薄，上司苛刻，同事自私。作为新人的我只能任人使唤，干各种杂事不说，有时候还要完成其他人的工作。我实在受不了了，决定辞职。结果，不但拖欠了我3个月的工资，还借口说我是当月最后一天辞职的，没有全勤奖，扣了我半个多月的工资。

家里的老房子又要推了重建，请的施工队人手不够，我妈就亲自去工地上盯着，凡事都要亲力亲为。忙活了一个月之后，终于体力不支倒在了工地上。送到医院，被查出来得了子宫肌瘤，幸好是良性的，就一直住院治疗。

就在这个时候，男朋友又向我提出分手。我们两个人在一起5年了，感情一直不错，也见过双方父母，准备毕业后过一段时间就结婚。

毕业后，他去了一个竞争压力比较大的城市工作，每天都熬夜加班，别说两个人见面，就连打电话都变得少之又少。他打电话跟我说不想耽误我，两个人就好聚好散吧，结果被我妈听到了，我妈气不过就在电话里和他大吵起来，他竟然还反过来骂我妈死缠烂打。我妈急火攻心直接晕了过去，送到急救室里抢救的时候，我坐在外面的椅子上，心想活得这么累干脆死了算了。但是当我妈被推出来，拉着我的手对我说："女儿啊，没有什么过不去的，不是还有妈陪着你呢。"我"哇"的一声就哭了出来，吓得周围的病人都停下脚步看着我。我狂哭了整整 5 分钟，那 5 分钟我是用尽全力在哭，就好像要把所有的委屈和不甘都在那五分钟内发泄出来。我知道哭完之后，我还要走下去，不仅为了我妈，还要为了我自己。

后来，我慢慢知道，没有什么跨不过去的坎，最重要的是如何去找到解决方案。我相信任何问题都有答案。

只要坚持努力，一切都会过去的。不用急，乌云总归会消散于艳阳之中。

11

毕业后，不知道为什么，我的脸上疯狂地长痘痘，留下了很多很可怕的痘印，看起来好像老了好几岁，而且身体也莫名其妙地开始发胖，整个人跟变形了似的。

我考了三年编制，每次都能通过初试，但复试的时候总是差一两分被刷下来。当时，爸妈正在闹离婚，不仅不安慰我，反而对我冷嘲热讽，还经常朝我无缘无故地发脾气。

后来，我一气之下报名了西部支教的活动，去了一个极为偏远的山村教书，一个月不到 800 元钱。不提供住宿，也没有餐补，每次从县城去村里，下车后还要走三四公里的山路才能到达学校。

孩子没有受过正规的教育，接受新知识非常慢，而且都很顽皮，经常逃课打架不完成作业，常常把我直接气哭在课堂上。

当地人都说方言，我听不懂，没办法和人交流，整整两年的时间，除了上课之外，我都是一个人待着，没有说话的人，整天就只能和那些课本教案窝在一起，语言功能极度退化。

两年支教任务完成后，回到家以后，我几乎也没怎么出过门，没有朋友，不参加任何形式的聚会，连跟人的最低限度的沟通来往都不愿意。每天躲在家里，感觉自己就像一条狗一样。

如今，我才慢慢从中走出来。那段时光，让我知道了，人要学会珍惜。

12

在电影《这个杀手不太冷》中，小女孩玛蒂尔达问里昂：“是不是人生总是如此艰难，还是只有童年如此？”

里昂回答：“总是如此。”

有段时间，我曾经以为自己会自杀。

我是大专学校毕业的，找工作的机会并没有本科生那么好。四处面试碰壁，于是决定考研究生。也许是专业基础太差，我连续考了两年都没有考上。这个时候我爸下海经商破了产，欠了人家十几万元钱。我妈因为身体不好早就提前内退了。我妹妹当时还在读一个三本的大学，学费一年就要一万多，每月还要给她生活费。

当时一家人唯一的指望就是我了。为了缓解家里的困境，我只能硬着头皮去找工作，最后在一家超市做理货员。不到一米六的我经常搬着摞得高出我两头的大箱子，在货架之间穿梭，上货，卸货，每天都很辛苦，到手的钱也只能勉强维持家用。

我每天都活在巨大的精神压力和生活压力之下，一度患上了抑郁症，有一阵子天天想要自杀，但一看我妈偷偷在房间里抹眼泪，我就又心软下来。

后来，城市拆迁，我们家获得了几十万住房补贴，才把爸爸欠的债还清，还余下了不少钱。我身上的担子轻了，就想自己不能再这样活着了。

于是我决定第三次考研。功夫不负有心人，这次我考上了，而且还认识了现在的男朋友。今年我们一起毕业，我们说好，领到毕业证书那天就去登记。

也许是因为看见过命运最残酷最无情的一面，所以我想，以后再遇到什么事情都没什么好怕的了，挺一挺都会过去的。

13

每个人都会有最艰难的时刻。

第一次是在 24 岁。那年，我做了一次大手术。当时，我和男朋友已经见过父母，马上就要谈婚论嫁了。刚开始，他知道我住院的时候，还说会来陪我。但我住院之后，他就消失了，短信不回，电话不接，我一直以为他工作忙。后来，手术出来的第三天，正当我说话的力气都没有的时候，他给我发来了分手短信。我打电话过去，他关机了。当时，我心灰意冷，但没哭。

第二次是在两年前。那是我辞职创业的第一年。我做的是淘宝店，赚的钱和之前上班差不多，但是因为要从头开始，所以人比较累。

生意好不容易刚有起色，爷爷就因为心肌梗塞住院。没几天，公公又因为脑梗塞住院。结果，我上午就一直往医院跑，手机随时挂着旺旺，下午回家发货。好在忙活了一个多月，他们就都出院了。

我以为一切困难都过去了，谁知道没多久我妈妈身体不舒服了，到医院一查，是乳腺癌，整个家里都乱了套。我妈住院的时候，我爸爸的工厂又出现了资金周转问题。一家人陷入了混乱无序的状态。我每天只能睡三个小时。我妈做了手术后，我白天给我妈熬汤做饭，下午发货，晚上忙些杂事，还要给我爸整理账目。幸好，我爸在朋友的帮助下渡过了难关。

当时，我也不知道怎么坚持下来的，忙得麻木了，反正就是熬过来了。当时，我只有一个信念，坚信一切都会好起来，我们必须活下去。也许，在痛苦面前，挺住，意味着一切。

14

中考的时候，差一分没上重点高中。高中时，因为学习压力大，得了抑郁症。高考时，分数比重点线低了四分。公布分数那天，我拿着成绩单回到家里，越想越绝望，就想跳楼一死了之，幸好被我妈发现，给拦了下来。

从此以后，我出门，我妈都跟着。当时又不知道要去看心理医生，大家都以为我是精神有问题，所以跟我说话的时候都小心翼翼的，生怕刺激到我。

这样浑浑噩噩过了好长一段时间，我意识到不能这样下去，于是转移自己的注意力到一个男生身上，关注他的一举一动。

也许爱情真的会改变一个人，哪怕只是暗恋，我的抑郁症竟然因此慢慢好转。最后，我们两个人也在一起了。

过去已过去，不可再回头，人活着，要往前看，心态才是最重要的。

15

小学六年级到高中之前，是我过得最暗无天日的几年。几乎所有电视剧里的狗血剧情都被我们家赶上了。

爸妈在外打工，我是爷爷一手带大的。有一次爷爷突然晕倒在家里，才被发现得了肺癌，没有撑过三个月就走了。我就被接回到了爸妈身边。

我不经意间在大街上撞到我爸和另外一个女人走在一起，样子十分暧昧。我不敢告诉我妈，就一直瞒着。

后来，我爸还带我去那个女人家里吃饭，骗我妈说是给我请的家教老师，以后每周都要去那个女人家里补课。我当时听了心里恶心极了，但是我还是没有告诉我妈。因为我怕自己说出实情，他们会离婚，从而离开我。

可是纸包不住火，我妈最终还是知道了，家里天天闹得不可开交。我当时还小，看到我妈拿着刀子在手腕处比画的时候，吓得大气都不敢喘。这件事一直闹到我中考的时候。

我爸被检查出来肺癌晚期。知道这个消息后，我妈不小心把拿在手里的热水壶掉在地上，双腿因此被严重烫伤了。后来没多久，爸爸就去世了，我当时觉得天都要塌了，家破人亡就是我当时的真实写照。

我一直觉得命运是在跟我开玩笑，在我年幼的时候让我经历了这么多生死离别，看到了人生最痛最无助的一面。但我知道那些你觉得快要淹没了你的悲痛，那些你觉得快要撑不过去的日子，都会慢慢地好起来。只要你愿意等，它们终会成为过去。

16

面试的时候，人事说入职以后，可能需要常驻新疆一段时间。

我问他多久。他说，不长，就三个月吧。

我当时心想先进了公司再说吧，三个月也不长，忍一忍就过去了。于是便答应了下来。然后，我就成了我们部门唯一一个放弃了北京职位的海归，去了遥远的新疆。

我还记得我到达新疆窝堡机场那天，刚一下飞机，看到维吾尔语的广告牌不自觉就笑了，感觉好像自己又到了国外似的。结果一出机场，我就被零下二十多度的冰天雪地的景象给吓蒙了，也冻傻了。

那里没有网络，也没有电视，只能待在公司和宿舍。我在公司食堂吃了足足两个月的拉条子，以至于后来我一听到这三个字就想吐。平时没有什么业余活动，于是我就和几个哈萨克族的同事一起在公司给员工开设的 KTV 里唱歌，唱到最后发现没有什么歌可以再唱了。

有次外出，去了城郊，结果遇上了风暴，当时自己身上就一件毛衣，气温骤降，我走在路上就觉得自己要被冻成冰棍了。最后还是路边的一个维吾尔族的大叔用烤肉的火喷子给我烤火，我才暖和过来。

还有一次冬天要发货，要把箱子钉上，于是我拿着大铁锤砸钉子，结果因为太冷了，一天下来手都被冻在锤子上了，分开的时候揭下来了一层皮，就跟被 502 粘过一样。

我在新疆整整工作了一年多，公司才把我调回了北京。回到家后，我爸妈都快认不出我来了，原本白白净净的一个小伙子，现在变得黝黑发亮，人也瘦了许多，心疼得他们直掉眼泪。

然而，在新疆的那段日子是我一辈子都无法忘记的经历，虽然辛苦，但是我在那里学会了独处，学会了无论在何时何地都要保持一种平稳的心态，在哪里都能够不抱怨，好好生活下去。

17

这个世界能让人觉得过不下去的事情太多了，比如没钱。

我家在一个穷乡僻壤的小村子里，爸妈都是地地道道的农民，每天过着面朝黄土背朝天的日子。为了供我去镇上上学，他们除了照顾自家的田地以外，还要去别人家帮忙，一天三亩地，牛耕，50 元钱，钱很少，活很累，但却是我们家当时重要的收入来源。

每天晚上，妈妈都会拿出小本子记账，清算一天的花费。我常常踮着脚，够着桌子边，盯着妈妈在纸上写下那些从来没有上过四位数的阿拉伯数字，然后听到她几不可闻的叹息声。

有次，我刚开学交完学费，回家后偷偷听见她边小声哭边对我爸说："你说这日子还怎么过，干脆一起死了算了，还读什么书。"

吓得我一晚上都没敢闭眼睛，硬生生躺了一整晚。

庆幸的是，在我爸的坚持下，我读到了大学。大一的时候，学费是家里出了一部分，找亲戚借了些钱才凑够的。家里人唯一的指望就是我能好好读书，赶紧毕业找到一份好工作，不说贴补家里，至少能够自力更生。

但是高考填报志愿的时候，我的分数不够，不能选择好的专业。但是我知道家里根本没有钱让我复读，机会只有这一次，所以只能咬咬牙选择了历史系。历史系是什么概念？历史系几乎等同于零就业率，我没有敢告诉家里。

开学那天，爸妈没有送我，因为车费太贵了。我一个人扛着行李去报到，在校门口遇到两个老人，他们拦下我说和女儿走散了，身上没有钱，很饿，希望我能帮他们买点饭吃。我看他们可怜，于是掏出来 20 元钱给他们，他们却执意拉着我一起去买饭。我当时觉得莫名其妙，但也没有多怀疑。

结果在报到处交学费的时候，我才发现身上的钱全没了。我当时整个人就像被雷劈了一样。等我醒过神来，疯了一样跑回去找那两个老人时，早已没有人影了。

我当时站在马路上，看着来来往往的车，心想："是不是再往前站一步，我的人生就解脱了。可是我解脱了，爸妈怎么办？"

于是，我向学校申请晚两个月交学费。那段时间，我找了好几份兼职，早上送报纸牛奶，中午在餐馆里当服务员，晚上在图书馆工作。除了上课时间，基本上我都在打工。

吃饭的时候，我从来不和同学一起，怕他们笑话。我经常偷偷地在宿舍里就着开水吃馒头。实在馋了，就买个咸鸭蛋，分三顿吃完。蛋壳不舍得扔，在宿舍里用同学的小锅煮挂面的时候放进去，还能提提味儿。

就这样，我还是没能按时凑齐学费。学校打电话到家里，爸妈才知道我把交学费的钱丢了。

我永远也忘不了电话里妈妈带着绝望的声音："孩子，你是穷人家的孩子，家要是有钱，你想读什么都可以，想怎么飞怎么飞。可惜你投错了胎，再聪明也没用啊。"

我知道我妈肯定是不想让我读下去的，可是我没想到这次爸爸也说，要不就回家吧。

读书是我唯一的希望。我恨生活不给我一次翻身的机会。我不服，也不甘心，当时正好有助学贷款可以申请。我决定申请助学贷款，把书念下去。

大二的时候，因为成绩优秀，我有了转专业的机会。我转到了经济系，读会计专业。我知道，我在一步步走向人生的美好面。

虽然我一直在打工，从来没有体会过那种轻松愉悦的校园生活，但是我不后悔自己的选择。

因为我知道，现在的苦尝得越多，未来的路才能越好走。吃过苦的人，前途不可限量。

18

2002 年，女朋友得了一场重病，我辞职专心照顾她。半年后，她的病情渐渐好转，但是身体还是非常虚弱，需要补充营养。

那时，我们的积蓄已经花得差不多了。我们都是外地人，来北京打工一年多，其实也没攒下什么钱。我们两个人都没有工作，她又生病，房租和生活费对我们来说是一笔沉重的负担。我整天急得焦头烂额，也想不出什么好办法。

无奈之下，女朋友瞒着我跟她哥哥借了 2000 元钱。房租一个月 500 元，一次要交 3 个月。这就花出去了 1500 元钱。

剩下的 500 元钱，我拿去药店买了一些营养品，因为我知道女朋友的身体需要调理，一定要进补。单靠那一点点的营养品根本不够，所以我每天都会在早市快要收摊时，去买肉摊上卖剩下的大棒骨，回家给她熬汤喝。

每次喝汤，女朋友都会叫我和她一起喝。我舍不得，就说我不饿，也不想喝。话虽然是这么说，但是那棒骨汤的味道简直快要把我肚子里的馋虫馋出来了，以至于后来她喝汤的时候，我都故意跑到外面去抽烟。因为我知道，她比我更需要补充营养。

在这种情况下，不工作肯定是不行的，但那个时候，我面试又四处碰壁。于是，我狠狠心咬咬牙，跑到早市旁边的一个大商场附近，支了个牌子——“擦车，十元一次”。

直到现在，我都清楚地记得，我擦的第一辆车是一辆福特，车主是一位心肠很好的老先生。他一边等着我擦好车，一边跟我聊天。听完我的事情后，他说自己以前也挺苦的，打拼很多年之后才有车有房。临走前，他拍拍我的肩膀说：“你能鼓起勇气、放下面子来给我擦车，你以后会有更大的勇气去干大事的。小伙子，生活会青睐那些可以拿得起放得下的人的。”我很感谢那位先生的鼓励，让我觉得我所做的一切并没有错。

我每天上午都去商场那里擦车，等到中午早市快结束的时候，再去早市捡一些商贩丢弃的蔬菜，经常能捡满一大箩筐。然后，我把这些青菜分类，清洗干净，傍晚的时候在路边摆个小摊，一块钱一把，一般一天能卖个三四十把。这样算上白天擦车的收入，一天能赚六七十元钱，维持生活不成问题。

但事情总不会一帆风顺的。没两天，就有几个人把我的擦车摊儿给掀了，他们威胁我，不让我在那里擦车。说实话，没人想在那个商场附近摆摊，保安要收保护费，商场工作人员出来赶人。我想我一个人也打不过那几个彪形大汉，就开始想别的出路。

后来，我发现商场对面有一家汽车修理部。我抱着侥幸心理去跟那里的老板谈，我在他那里擦车，收入的3%给老板，可以先试用我三天。一开始，那个老板根本不想理我，就想白用我几天然后打发我走人。

不过他没想到的是，之前我的那些客户都来这里找我擦车，所以汽车修理部的生意也因此好了起来。后来，我开始安心地在这家汽车修理部工作。

好景不长，我在汽车修理部干了不到半个月，女友的哥哥和嫂子就以探望妹妹的名义来讨债，说他们要买车，需要用钱。女朋友心疼我，就求她哥哥，钱可不可以晚一些还，可是嫂子却死活不松口。我不想让女朋友为难，就去汽车维修部老板那里借钱。老板当时很倚重我，二话没说就借给了我 1000 元钱。

我把钱还给她哥哥嫂子后，女友哭了很久。她觉得这一年以来，太委屈太辛苦我了。我只是笑笑说："要不是这样忙活，我也快要变成那些啤酒肚、身子发福的男同胞了，你不是最讨厌那样的吗？"她被我说得忍不住笑了出来。

之后的日子也很难熬，但是幸运的是，房东夫妇对我们很好。还好有他们的照顾，我可以安心地在外面工作。他们知道我女朋友身体不好，炖鱼炖肉的时候，会经常送一些给我们吃。我们不好意思收，他们就会故意黑着脸说："是不是嫌弃我们？"

终于，我把老板借给我的 1000 元钱还上了，女朋友的身体也恢复得差不多了，我就辞了汽车修理部的工作。

一个月后，我找到一份汽车销售的工作，从零做起，每天风里来雨里去地跑销售。我知道，新的生活正在向我招手。

拿得起，放得下。生活挡不住你前行的脚步，只会为你让出一条路。

19

最穷的时候，我赌博输了好几十万，把家里的厂子也给输了进去。

为了还钱，我爸开的小超市转卖给了别人，家里的房子也卖了，我和我爸又重新租了一个只有十几平方米的小房子，但是仍然剩下一大笔债。天天有人上门来逼债，房东催房租也催得特别紧。我天天躲在家里不敢出门，都是我年迈的父亲出去跟人家低三下四地赔不是。

我没有办法，只能跑到外地去躲躲风头，也想办法挣点钱。

我去了苏州，想找朋友帮帮忙，但是朋友没找到，我身上已经花得一分钱都没有了。

那时是夏天，我没地儿住，晚上就睡在一个公园的大草地上。每天早上起来，身上都被蚊子叮得惨不忍睹。我找不到工作，白天就去街边和垃圾箱里捡易拉罐和矿泉水瓶，然后卖给回收站。有的时候运气不好，一天什么也捡不到的时候，就只能饿着肚子。

有次我见一个人把咬了一口的烧饼扔在了路边，也不知道是不好吃还是为什么，但是对我而言，只要是吃的就是好的。于是我看了看周围没人注意，就赶紧跑过去把烧饼捡了起来，一下子就塞进了嘴里。我蹲在一个墙根下，一边嚼着一边流泪，泪流到嘴里，咸咸的，正好就着没有味道的烧饼，一起咽了下去。

后来我认识了一个开饭店的好心人，在他那里打工，这才有了微薄的收入。我挣的钱大部分都寄回给了在老家的父亲，我身上还是经常一分钱也没有。

那个时候在路边捡了 5 元钱，我就用这 5 元钱过了整整一个星期。我每天用一块钱买两个很小的素包子，当作一天的食物。那段日子，我都不知道肉是什么滋味，体重降到了不到 90 斤。

饭店老板看不下去了，就在生意不忙的时候，请我一起吃饭。

那是一段让人不堪回首的经历，好在一切都已经过去。我很感激上天给我了这样一次历练，对苦难的回忆，让我懂得珍惜现在的生活，珍惜现在身边的一切。

20

那一年，我第 N+1 次被老板炒了鱿鱼。当时年轻气盛，什么事情都看不顺眼，总是我行我素，从来不考虑团队合作，结果得罪了同事不说，还直接激怒了老板。

丢了工作以后，我就待在家里，游手好闲了两个多月。我妈实在看不下去了，指着我说："你要在家没事儿做，就去你爸店里帮帮忙，别在家里整天躺着，成什么样子啊？"我一听不乐意了，顶嘴说："这么快就不想养我了啊！好，那我走，不用你们养！"说完，我拿了两千多块钱就离家出走了。

在外面混了一个多月，钱花完了，我却硬撑着不想回家。走投无路时，只好去牛奶公司送牛奶，开始了每天凌晨三点多起床，挨家挨户送牛奶的生活。

一开始，我连租房的钱都没有。白天送完奶，就待在奶站里，蜷缩在办公室的沙发上补觉。晚上奶站关门后，索性就睡在马路边上的长椅上。幸好是夏天，夜风吹着，还挺凉快，唯一的缺点是经常会被环卫工人或者小混混踢醒。

有时候也会碰上好心的人，误以为我是流浪汉，在我旁边给我留下一些钱或者吃的。有一次，我一觉醒来，看到脑袋边放了一袋温热的肉包子。也有些人，直接把零钱丢在我身上，或者拿垃圾扔我，围着我指指点点，像看笑话似的。人生就是如此，有意气风发的时候，也有落魄潦倒的时候，但是好是坏都是自己的选择，所以我憋着一口气一直死撑着，誓不低头。

熬了一个月，终于发工资了，我用 400 块钱租了一个脏乱差的楼梯间。住在楼梯间，倒是不寂寞了，每天晚上都有老鼠做伴，蚊子也经常前来骚扰，人们上楼时发出的咚咚的脚步声就是背景音乐。有时看着黑漆漆的房间，我有种想哭的冲动，觉得自己怎么就过得这么惨？我也会问自己，放弃一些自我，难道真就这么难吗？

后来，送奶的时候，我变得乐于帮助其他同事。有时候，同事家里有事，我就会主动提出替他完成工作。我也不再孤僻，经常和工友们一起打牌喝酒。遇到不顺心的时候，也学会了退一步或者忍耐。渐渐地，我变成了奶站里最受大家欢迎的人，被提拔成了片区的经理。虽然只是送奶经理，听起来非常平凡，但是对我而言，是莫大的安慰。收敛了锋芒之后，生活好像给我打开了一扇新的门。

后来，我回家了，帮爸爸打理生意。过去几个月的生活，变成我这一生最大的收获。

再后来，我和朋友在走路的时候，看到桥洞里有一个流浪汉，面前摆着一个破碗。大家对这样的流浪汉见怪不怪，没有人注意他，都以为是骗钱的。但我相信，如果不是遇到难事，没有人会放下尊严，过这么糟糕的生活。有人直接把钱丢到他的碗里，甚至地上，而我慢慢走过去，亲自把两百块钱递到他手上。我知道，人在最困难的时候，更需要尊重。

21

当年，我曾心血来潮开过一家服装店，但是我不善交际，也不会来事儿，生意一直很惨淡，到头来辛辛苦苦一个月挣的钱，都用在了房租上。没过多久，服装店就被我弄得关门歇业了。与此同时，我也就失业了。

当时我们租住的房子是平房，男朋友有时候加班到很晚的话就不回家来住了。同住一个大院的另一家人家里正在装修，有很多男人在院子里走动。有一次，我换衣服的时候，一回头就看到窗户旁，有个男人正透过窗帘缝隙往屋里面看，吓得我大叫一声。第二天，我壮着胆子跑去警告那个人，结果那男人还死不承认，反而跑到我们家门口骂骂咧咧的，而且他那一帮施工的兄弟们也都围在我家门口。说不害怕那是假的，但是我在屋子里手拿着菜刀，和那个男人对骂。当时我就想，如果他敢硬闯进来，我就和他拼命。最后是那个房子的人家来劝架才把那一帮人劝了回去。后来男朋友知道这件事情之后，直骂我傻，我也不知道我哪儿来的勇气去惹那么一帮不明事理的人。

还有一次夜里，我突然惊醒，发现屋里站着一个人，看身形就知道不是我男朋友。我吓得大气都不敢喘。也许是我醒过来的时候发出了一点动静，那个人只静静地站在我床边一动不动。我当时心都提到嗓子眼了，心想要是他发现我醒着会不会杀人灭口什么的，总之心里紧张到了极点。过了大概有十多分钟吧，那个人也许以为我并没有醒，于是轻手轻脚地开门走了。他走之后，我躺在床上好久都不敢动，生怕他再返回来。一直躺倒天亮，我才起身出门，发现我的包被扔在了门口，然后一直到胡同口，零零碎碎地扔着我的身份证、银行卡和钥匙，只有钱包不见了。我只苦笑着想，我的钱包里只有不到一百块钱，这小偷真是没福气。

因为这件事情，我和男朋友又搬了家，因为租房时间没到期，所以之前交的押金也就打了水漂。

男朋友那时的工资并不高，眼看着我们两个人存折上的数字一天天变少，我心里着急死了。

为了省钱，男朋友中午不回家吃饭的时候，我自己就煮一把面条，碗里洒上点盐，切点葱花，再放点醋，只吃七分饱。男朋友回来吃饭的话，我就会买些鸡翅和长豆角，炖上一大锅，通常一连吃上个四五天，都不觉得腻。

有一阵子实在揭不开锅了，我们就直接把白菜水煮，放些盐，然后把油瓶子倒过来，倒出几滴油滴在锅里。那一顿饭，我们两个人至今都难以忘怀。

后来，男朋友想了个办法，取出全部家当——几百块钱，批发了许多竹制的工艺品，让我去摆摊。

一开始，我觉得挺不好意思的，脸皮薄，担心被熟人看见，只敢在天黑之后把东西拿到夜市去卖。拉不下脸来吆喝，就只能默默地蹲在地上，看着逛夜市的人来来往往。好在一天还是能卖出去三四套。

当然也有倒霉的时候，遇到城管时，因为来不及收拾，东西就会被全部没收。有时还会遇到收摊位费的小混混，拿不出钱，就会被他们驱赶威胁。

不过，当我渐渐地和周围的商贩熟悉之后，他们看我一个年轻姑娘不容易，就教我怎么做生意，有时还把比较好的位置让给我，生意也慢慢变好了。后来，我和当时认识的几个朋友一起又开了家店，经营得越来越好。男朋友也换了一份比以前稳定许多的工作，不用在外面跑业务了，收入也越来越高了。

现在，我们两个人经常一起回忆那段异常难熬的日子。在一切变好之前，我们总要经历一些不开心的日子，这段日子也许很长。所以耐心点，给好运一点时间。

也许，所有的事与愿违，都是为了下一次的蓄势待发。

22

前几年，我在一个著名的小商品城做批发生意，刚开始的时候生意还不错，但是后来市场就没那么好了，很多货积压了下来，囤在库房里无人问津。而且，发出去的货，货款收不回来，加工厂那边又催着支付加工费用，一时间资金链断掉了，赔了十几万块钱。

后来，有一家公司聘请我去管理国外办事处，让我负责公司的国外业务。当时，我高兴得不得了，如此一来，一方面可以挣钱还债，另一方面可以趁机去国外市场长见识。于是，我没有多想就答应了下来。那家公司先让我去国外去考察，但是一切费用都要先自己垫上，回国以后再找公司报销。虽然这个要求很苛刻，但我想了想，还是咬咬牙同意了。

出于个人安全的考虑，我想以留学生的身份出国，这样就会受到国家保护。为了办这个留学签证，花了整整一年的时间准备，也花掉了我仅剩的五万块钱。虽说只是去考察，但是也需要一些生活费吧，于是我想去收一些货款回来，但是那些黑心老板知道我要出国了，不在国内做生意了，就都想赖账，最后只筹到不到一万块钱，换成美元也就所剩无几了。那时我心里就想，一直维持现状，好运自然不会从天而降，无论之后的路有多么未知，总要走走看。

于是，我怀着忐忑又充满期待的心情踏上了飞往美国的飞机。但没想到的是，那所学校要到下半年才对中国学生开放，而这一点留学中介公司从来都没有告诉过我，于是我被扣留在了海关。

刚被关押的时候，我其实是很害怕的，怕就这样颗粒无收地遣送回国，之前所付出的一切就白费了。我找到一个海关工作人员，想给他 500 美元，让我过关。他答应得挺好的，结果过了没多久换班，他就走了，语言不通我也没办法通过别人找到他，于是五百元美元就这样打了水漂。后来听一起被扣留的中国人里面，有个人认识中国大使馆的人，于是我拜托他也帮帮我，于是又给了他 500 美元，这才出了海关。我赶紧去重新办了旅行签证，只有七天的逗留时间。

这七天时间内，我又花了 400 美元请了一个翻译，带着他一起跑了很多市场，手头剩下仅有的 100 美元。为了节省开销，我常常一个汉堡分三顿吃，有的时候看到一些店里有试吃活动，就每个产品都试吃一遍，这样也能勉强吃饱。住不起宾馆，就在路边捡几张报纸，把自己裹在墙角熬上一夜。庆幸的是，那几天晚上都比较安稳，没有被抓或是被驱赶。

一个星期后，我认识了许多在那里做袜业生意的老乡，经常和他们聊天，学到了很多东西。我看到了广阔的市场前景，于是一个星期后，我满怀信心地回国了，并在第一时间去公司汇报工作，顺便去报销。

但那家公司给我的回复却是，市场是好的，但是风险太大，不考虑投资合作。我就问，美国之行的费用能报销吗？公司却说合作没有达成，所以不支付这笔费用。当时我就懵了，大脑一片空白。后来，我和公司的负责人理论了半天，但是我们之前并没有签订有法律效力的文件，所以只能吃了个哑巴亏。

身无分文的我一个人走在大街上，看到那些步履匆匆却面带微笑的人们，心里的苦涩让我觉得自己是唯一一个被生活抛弃的人。为什么我那么拼命地努力，换来的却是更惨淡的现实？

我一个人在路边坐了好久，坐到天黑，直到我的一个朋友打来电话，我才回过神来。我跟他说了我的遭遇之后，他二话不说给我打了五千块钱。我不记得自己哭没哭过，总之这五千块钱又让我觉得生活还是有希望的，一切都可以从头再来。

于是，我靠着这五千块钱，买了一批货，晚上在路口支了一个摊子，开始做一些小生意。我知道这些努力在我那巨大的债务面前只是杯水车薪，但是我相信，水滴石穿，总有一天我能过上好的生活。

两个月后，我在美国见过的一个老乡突然打电话找我，问我愿不愿意和他一起开拓国内市场。他知道我的情况，还承诺先预借给我六万块钱还债，钱直接打到了我的账户里。当时我激动得热泪盈眶，当即就答应跟着他一起干，开始了新的一轮打拼。

或许，每个人注定都会有那么一段不好过的日子，在那段日子里，你拼命地努力，拼命地想要去变好，可是最终却一点改变都没有。付出的努力得不到回报，也许你会觉得对生活很失望，甚至是绝望。但是并不是一无所有就不能够继续生活下去。当你失去一切的时候，你才能发现自己强大的内心世界，才能激发自己的潜能。只要心中有一个信念，相信一切都会变好，那么生活就不会为难我们。对那些痛苦的过去，不必耿耿于怀，一切都会过去的。

23

我们家有过一段很艰难的日子。

当时，我妈刚怀上我妹妹，我爸却被人骗了，生意一下子垮了，还欠了一屁股债。为了躲要债的人，我爸不敢出门，只能靠我妈挣钱。

我妈就一边带着我，一边挺着大肚子摆地摊，摊位不能固定，怕被城管查，只能轮着去不同的地方。每天起早贪黑，一天也只能够我们一家人吃喝的。

小姨看不下去了，把我妈和我接到她家住了一阵子，直到过年。临走时，我妈要拉着我走回家，小姨让我妈坐车回去，我妈说太贵了舍不得。当时，小姨就边哭边拿了几百块钱塞到我妈手里说："姐，你命怎么这么苦啊……"

回家的路上，我妈惦记着我爸吃得不好，就买了一只鸡。结果菜刚端上桌，讨债的人就冲进家里来了。小姨刚给的几百块钱还没装热，一下子又没了。

后来，妹妹出生后，我妈筹了一笔钱开了一家小网吧。生意还不错，但经常有小混混来闹事。瘦弱的妈妈举着菜刀吓唬他们，因为这家网吧是我们全家人的指望。为了活，只能豁出去了。

虽然家里非常困难，但是我上学的钱从来没有拖欠过，而且我妈时不时地还会给我一些零花钱。她说，不能让我过得比其他孩子差，再穷再累也不能苦了我。

后来，靠着网吧的生意，我们熬过了最艰难的时光，日子过得越来越好。如今，我们衣食无忧，过着优裕的生活，但是一想到妈妈拿着菜刀的样子，我还是会情不自禁地流泪。

24

小时候，父亲为了养活我们一家人，长年在外地打工，用血汗钱维持着这个摇摇欲坠的家。每个月父亲都会给家里寄几百块钱，其中一大部分都是用来支付我的学费和住宿费，余下的钱所剩无几，只够勉强维持生活。为了去小镇上的初中上学，我每周要走 30 公里的山路。舍不得坐 5 块钱的客车，我总是一个人凌晨两三点就出发，走上五六个小时到学校，无论春夏秋冬，刮风下雨，都是如此。

后来，在我的坚持和努力下，我以优异的成绩考上了本市最好的高中，还获得了一些奖学金和助学金，家里的负担顿时减轻了不少。就在家里人都为我高兴的时候，生活又给了我们这个本已破败的家庭一记重拳。父亲一直是在非法小煤窑打工，由于生活条件很差，他患上了乙肝，身体变得很差，连床都起不来，最后不得不丢掉了这份救命的工作。

为了治疗父亲的肝病，我和母亲挨家挨户和乡亲们借钱，来支付高额的医药费。在这期间，父亲因为急于求成，被那些卖假药的黑心药贩子忽悠，买了很多所谓的快速见效的药物，结果病情不但没有缓解，反而加重了。经过这么一折腾，我们家负债累累，经常有讨债的人堵在家门口，甚至把我堵在学校的门口。那一段时间的心惊胆战，至今让我觉得历历在目。

后来，父亲配合治疗后，病情得到了控制，渐渐好转。为了还债，他和母亲决定去一家砖厂打工。没想到的是，父亲在砖厂里和一帮赌徒混在了一起，天天跟着那些人去赌钱，母亲怎么劝他都不听，只能天天在家以泪洗面。

最终，母亲做了一个艰难的决定，她决定放弃父亲，放弃这个家，和另外一个男人走。她甚至放弃了我。我还记得她走的那一天，我哭着拉着她的衣角问："妈妈，能不能把我也带走？"她含着泪对我说："我不能带你走，那边不同意我带你过去。孩子，这就是命，你好好照顾你爸，我走了，别来找我，我想好好生活。"说完，她拎着行李头也不回地走了。

为了挽回母亲，父亲又去找了她两次，但母亲去意已决，丝毫没有想要回来的意思。我知道没有希望了，一个完整的家庭就这样破裂了。这件事情深深地影响了我，我变得越来越自卑，每天都沉浸在无法自拔的痛苦之中，以至于高考的时候发挥失常，没有考上理想的大学，只能去一所二本师范院校。庆幸的是，我可以办理助学贷款，所以不用担心学费的问题。要不然，以家里的情况，即使考上了也念不起。

但是，生活费还需要靠自己挣。大学期间，我找了很多兼职，除了上课，基本都在打工，回到宿舍，经常连衣服都顾不上脱，就躺在床上睡过去了。室友见我每天拼命打工，以为我爱钱如命。我并没有把我的事情告诉任何人，也没有申请任何助学金之类的，因为我觉得我有能力自己挣钱，不需要用我的悲惨经历来换取任何帮助，更不希望内心里的伤疤被再一次撕开，看到别人投来的同情甚至怜悯的目光。我知道，这些眼光并不能给我带来什么。我虽然需要钱，但我更需要的是尊严和理解。

就在我为了生活拼命工作时，更大的不幸发生了。由于父亲文化水平不高，加之我在外地住校不能经常回家陪他，他被亲戚骗到了一个传销组织里。而我当时却对这件事情毫不知情，一点也没有察觉。

那年，我快要放寒假了，父亲突然打电话来，告诉我他找到工作了，在河南南阳的一个家具厂里当木工，想让我去那里和他一起过年。我心想，母亲走了以后，我们就再也没有过一个像样的春节了，加上我也很久没有见过父亲了，就打算过去和他一起过年。就这样，我去了南阳。可这一去，就差点儿回不来。

好在我了解一些与传销有关的知识，我去了之后就明白是怎么回事儿了。于是，我藏好了钱和身份证件，假装认真地听了一次讲课。这个传销团伙是新成立的，管理比较松散，第二天我就趁着外出的机会逃了出去。我不敢在南阳停留，直接坐车到了郑州，然后给父亲打电话，劝他第二天来郑州找我。

谁知道，第二天一大早我就听见了重重的敲门声。我从猫眼里一看，父亲和传销团伙的人都来了。我哪里敢开门？只敢隔着房门和父亲对话。无论我怎么劝说，父亲还是要让我和他一起回南阳，并且放话说："你要是走，就从我身上踏过去！"我当时真的觉得快要被逼上绝路了。我正在屋里急得直打转的时候，突然发现窗户上没有防护栏。我住的房间在二楼。我探出头往下看了看，并不是很高，跳下去应该不会受重伤，就赶紧收拾好东西，直接跳楼逃走了。当时的那种痛苦和绝望，至今不敢回想。

那天，我直接买了回学校的车票，不敢再去找父亲。我不停地打电话劝说父亲离开那里，但是他已经对我完全不信任了，我说的任何话他都认为是在阻碍他发财。他还想让我在学校发展同学加入传销组织。我拒绝了他，还跟亲戚朋友提前打招呼，以防他们被父亲骗了。父亲知道这些事情之后，觉得他的美好未来被我粉碎了，提出要跟我断绝父子关系。最后，他连手机号码都换了，我再联系不上他了，他也没和我联系。

现在，我唯一的愿望就是找到一份好工作，安顿下来，再想办法把父亲接回来，一家人团聚。无论怎样，他都是我的父亲。

经历这么多，我觉得，无论怎么苦，只要一家人在一起，和和美美，就没什么大不了的。有些东西，只有失去了，才会懂，才会珍惜。

25

我这辈子都不会忘记接到公安局电话的那个夜晚。电话里他们说我父亲在广州被捕。后来，判了九年。

从那一天开始，我家发生了翻天覆地的变化。一夜之间，我们家的顶梁柱倒了，我们从无忧无虑瞬间就一无所有。

从得知父亲出事到收到正式的逮捕令，我一直都不敢相信，也不愿意去相信这件事情。我跟着母亲四处托人打听情况，甚至去找我父亲的朋友，跪在他们面前，求他们帮忙。那一段时间，我和母亲什么事情都做不了，只能抱在一起痛哭，生怕从此就失去父亲。

但是生活还要继续，母亲决定带着我投奔在广州做茶生意的小舅。我们把家里能用的东西都分给了亲戚，只简单收拾了一些必备的衣服。临走之前，母亲那边的亲戚们来看我们，还给我们凑了一些路费。我记得特别清楚，那天大舅喝多了，拉着我说："舅舅没本事，不能照顾你们母子俩，这次出去了，以后一定要在外面好好努力，照顾好你妈妈。你妈妈命太苦了……"说完他就哭了，我心里非常难受，哽咽着答应他，我们一定会好好生活。那晚，我把所有来看过我们的人都记在了一个记事本里，并记录了他们借给我家的钱。我发誓，等我以后有能力了，一定会好好报答他们。

到了广东，我在小舅舅的茶厂里帮忙，跟着他学制茶、品茶。我一开始什么都不懂，小舅舅又是脾气很急的人，所以总是被骂得很惨。受了委屈，我只能打碎了牙往肚子里咽，毕竟是寄人篱下，不能像以前在家里那样任性了。

那边的人都说潮汕话，我基本上听不懂，所以也没有交过什么朋友，几乎都是自己在厂里做事。时间久了，我就开始自己跟自己玩，有的时候去遛弯，路上自言自语，别人看到了都以为我是神经病。

为了不给小舅家添麻烦，我经常待在厂房里烤茶，经常一待就是一个通宵。冬天的时候，厂房里没有暖气，烤茶机一停下来，就寒意阵阵。于是，我用仓库里不用的箱子粘了一面"墙"，围住自己挡风。但是毕竟箱子还是有缝隙的，风还是会吹进来，我经常被冻得腿抽筋，全身直打哆嗦。

第二年，我学得差不多了，就找亲戚借了点钱，自己开了一家茶店。开业那天，我真的很激动，觉得终于有了一份属于自己的事业。但同时也很迷茫，因为第一次开店，什么都不懂，一切都要从零做起。

刚开始因为人生地不熟，没有什么生意，一个月挣不到几百块钱。我和母亲每天都只吃白菜、豆腐之类的东西，基本上忘了肉是什么滋味。那段时间，我从 130 斤一下子瘦到 105 斤。我们就住在店里的小阁楼上，只买了一个床垫铺在地板上，就当床了。就这样过了两年的时间，生意渐渐开始有了起色，客户多了起来，我们家的生活条件自然也就好了起来，把欠下的债务也全部还清了。

那段深陷苦难中的日子对我的影响相当大，让我从一个男孩迅速成长为一个男人，也让我明白，遇到苦难时，心态是最重要的。面对一切苦难，不能逃避，唯有迎难而上，才能看到出路。人，没有把自己逼到绝境的时候，永远不知道自己有多大的潜力。

26

高中时，我一直都是老师们宠儿，因为我的成绩非常稳定，从来没有得过第二名。身边的人都觉得我上名牌大学完全没有问题，我当时也非常自信。高考成绩也证明了这一点，我是全班第一名。

可就在填报高考志愿的时候，由于我的操作失误，导致录取出现偏差，我只能读三本的大学。

三本的学费很贵，我们家根本支付不起。我父亲只是一名普通的农民，靠种菜维持家庭生活，而母亲因为早年得了精神方面的疾病，神智一直不清楚，只能一直待在家里。无奈，我只能选择复读。

我被逼上了绝境，已经没有退路。复读的那一年，我加倍努力，为了自己，为了家里，也为了能和男朋友念同一所重点大学——他已经大一了。我每天废寝忘食，拼命地学习。

也许是命运弄人，高考前几天，我意外地发现，我的男朋友和一个高中同学在一起了。与此同时，我母亲不知道为什么在一个暴雨的夜晚爬上屋顶，失足从楼上摔了下来。

双重的打击让我整个人一下子垮了下来，精神完全崩溃。高考那天，我整个人恍恍惚惚的，都不知道是怎么答完试卷走出考场的。那年高考，我直接落榜，连三本的分数线也没达到。

高考完的那一个星期，应该是我一生中最潦倒的时候。当时，我早已没有了第二次复读的心情，整天以泪洗面，甚至有了轻生的想法。后来，高中时的几个好朋友专门从外地赶回来看我。她们陪着我，鼓励我，支持我，告诉我一切都会好起来的，我的人生已经跌入谷底，以后每多走一步都是在向上走，走向更美好的未来。

我早已忘记那段日子自己是怎么熬过来的，但我知道那些爱我的人一直陪伴在我身边，给了我莫大的安慰，让我知道自己并不是孤身一个人活着，身边还有许多人和我一起同行，让我知道未来的路必须要咬着牙走下去，要坚强地活着。

现在，我已经为人妻为人母，有一份满意的工作，还有几个值得托付一生的朋友。一切的一切，都是美好的，值得我去珍惜。

我想，假如命运让你倒下了，只是为了让你站起来时，能够更加坚强！也许，这就是倒下的价值吧！

27

从记事起，我就知道爸爸在外面有很多女人，外遇不断，妈妈整天在家以泪洗面，但是为了我，她忍受着这些不堪的事实。

我还有一对很极品的爷爷奶奶，说他们极品，是因为他们总是故意折磨妈妈，对妈妈做的任何事情都挑三拣四，每天都把妈妈当佣人不说，他们甚至有时候拿着菜刀，指着我妈，坐在地上，哭天抢地，说我妈的坏话。他们还总是挑拨我爸和我妈之间的关系，经常因为对儿子恨铁不成钢，反倒把气撒到我妈身上，说我妈是个扫把星，整天哭丧着脸，所以我爸才这么不顺。

一天到晚，家里乌烟瘴气，总是上演着哭闹、争吵、辱骂的戏码。我的童年就像活在一场漫长的、永远都醒不过来的噩梦中。

我 5 岁的时候，父亲在外面赌钱，欠了一大笔外债。为了还债，我们家把房子卖了。从那时起，我们就开始了不断搬家躲债的生活。爸爸妈妈为了躲债，经常不回家，我开始学着一个人应付各种找上门来的债主。因为是小孩，他们一般不会把我怎么样，只是不断地威胁恐吓我。最严重的一次，他们把我推倒在地，后脑勺磕到了门框上，出了一些血。妈妈回到家，抱着我去医院缝了四针。她抱着我整整哭了一个晚上。从第二天开始，妈妈每天都把我带在身边，生怕我再出事。

还有一次，讨债的人上门，只有我和我妈在，我们拿不出钱来，他们就开始殴打我妈。我妈一个柔弱的女人怎么可能敌得过那一帮彪形大汉。她一边哭喊着与他们撕扯，一边拼命把我护在身后。我从来没见过我妈这么狼狈过，当时脑子也不知道怎么想的，直接冲到厨房拿了把菜刀就朝那帮人挥去，大喊：“你们谁敢再上前一步，我就砍谁！”他们可能是被我不怕死的架势吓住了，赶紧放开了妈妈，留下了一句：“钱快点还！否则谁都救不了你们！”

家里最穷的时候，连米都没有，我和妈妈每天只能吃青菜和面糊。爸爸却从来不过问我们的死活，回到家里看到没有吃的，摔门就走。

那段时间，我每天都能看到妈妈偷偷地在屋里低声哭泣。有一次，我忍不住对她说：“妈，为什么你不跟他离婚？”我妈当时愣了一下，然后把我抱在怀里说：“我不能离婚，我要给你一个完整的家，你不能没有爸爸。”我推开她，狠狠地说：“这样的爸还不如没有！”说完，我就把自己关在房间里。

想到母亲为了我如此委曲求全，我真的很讨厌自己。我心想，如果没有我，是不是妈妈的日子就会好过一些？那段时间，我很讨厌回家，不想看到母亲，就常跑到大街上瞎晃，认识了一帮社会上的人。

也许是因为从小缺少关爱，也许是因为父母关系不好，才渴望一段美好的恋爱，以为能有一个人倚靠，就可以从这个充满噩梦的家里解脱出来。我认识了一个比我大四岁的男生，他很关心我，经常听我诉说对家庭的失望和绝望，很耐心地安慰我、开导我。从来没有一个人能像他一样听我说话，了解我所有的情绪，所以我格外地相信他。每次他都以有急事或者生病之类的原因向我借钱，我都傻傻地相信他，自己没有钱就去找朋友借，或者把家里一些值钱的东西拿给他。但是，他从来没还钱。那个时候，我还傻傻地告诉自己，爱情就是要无私地付出，不求回报。

时间一长，朋友们都以为我在骗钱，渐渐离我远去，而且背地里说尽我的坏话，说我没钱还在外面养小白脸。我当时觉得很气愤，不理会一些朋友的劝告，只活在自己幻想出来的小世界里。

然后，让我震惊的事情发生了。那次，他手机落在我这里。我一时好奇，就鬼使神差地打开了他的微信，发现里面有很多女生，留言都是赤裸裸的调情言语。这时，我才知道他脚踏多只船。

我当即和他一刀两断。四年的青春都给了一个只想利用自己的男人。为了他，我和母亲翻脸，离家出走，伤害了最爱我的人。那天，当我哭着回到家里，母亲看到我，只是淡淡地笑着说："哭什么，回来就好，回来就好。"

后来，我又重新开始上学。虽然家里欠了很多钱，房子是租来的，连自行车都买不起。但值得庆幸的是，父亲突然醒悟，开始对我和我妈好了起来，找了一份工作，开始挣钱还债。

虽然依旧很穷，但一家人总算过上了安稳的生活。尽管我还不能对之前父亲所做的一切完全释怀，但我知道我应该去学着原谅，学着接受现在的生活，学着即使无能为力也要乐观面对。就像妈妈对我说的那样："只要活着，只要不放弃，就有希望改变现状。"

我知道有些痛苦是无法言喻的，但是因为伤口不管有多痛，总有痊愈的一天，过去所遭受的一切，不应该成为你前进道路上的障碍，而应该成为你奋力向前的动力。

28

我的出生纯属意外，完全不在父母的计划之内。二十几年前，计划生育控制得很严格，而我们家已经有了一个男孩了。在当时，生二胎是件非常严重的事情，轻则罚款，重则丢饭碗，但是爸妈都舍不得打掉我，只好冒着风险把我生了下来。

结果，我爸被开除了公职，家里的经济来源一下子就断了，还赔了一大笔钱。然而，祸不单行，厄运开始接踵而至。

哥哥和别人玩秋千时，不小心从高处掉了下来，直接头着地，晕了过去。送去医院的路上，头还在不停地流血，吓得我妈直接瘫倒在手术室外面。医生缝了十几针，血才算止住了。医生说要留院观察一个星期，看是否会有脑震荡之类的并发症。

那时，我刚出生不久，因为妈妈要照顾住院的哥哥，所以只有奶奶在家里带我。奶奶年纪大了，经常会犯瞌睡。有一天中午她看着我午睡的时候，在床头柜上放了一杯开水，不小心打盹碰翻了杯子，杯子里的热水全部撒在了我身上。因为当时是酷暑，我身上一点东西都没穿，直接造成了大面积的烫伤。结果，我哥哥还没出院，我又被送进了医院。住院的时候，我被查出患有先天性哮喘，需要定期到医院做治疗。这就意味着又要支付大量的医药费。这对于我们家的经济状况来说，无疑是雪上加霜。

为了挣钱，我爸开始做一些小生意。结果，去外地进货的时候，遇到了抢劫，人也被打晕了。幸运的是，抢匪只抢走了我爸带在身上的一千块钱。幸亏我爸出发前，为了以防万一，藏了一些钱在驾驶座的皮椅里。否则，我们一家人就要喝西北风了。

直到我上高中之前，我们家一直都没过过什么好日子，但爸爸总是笑呵呵地对我们说："最穷无非讨饭，不死终会出头。"

现在无论遇到什么事情，我都会想想爸爸对我们说过的这句话，就会觉得没有什么坎儿是过不去的。

29

初中毕业，因为户籍问题，我不能报考本市的高中，所以只能去念中专学校。中专学校里的学风不好，经常有小混混找我们收保护费。当时我脾气特别硬，不肯拿钱。一是因为家里本来经济情况就不好，没有多余的钱给他们；二是年少轻狂，就是单纯地觉得不服气，也不想给。终于有一天放学后，他们一帮人把我围堵在了一条小巷里。因为我事先得知这件事情，也叫了一帮初中的同学，结果发生了严重的斗殴，很多人都受伤住院了。

虽然我是受害者，但是却也遭到了处分，一气之下，我决定退学，去外面打工。

因为学历低，我只能做一些底层的工作，比如饭店服务生、家具厂工人、服装店员工、发传单、送牛奶、在电脑城卖电脑等，经常一个月换四五份工作，收入也很少。

看着那些曾经和我一起上学的同学，现在都坐在教室里为高考奋力拼搏，最讨厌上学的我，内心竟莫名产生了一种失落感。我不知道为什么会有这样的情绪，但我能感觉到，他们正在离我越来越远。于是，我想要换一种活法，不想再这样浑浑噩噩地活着。我决定重新回学校念书。

当时，市里有一所私立高中，对学生的要求很宽松，一年学费

3500 元。虽然我已经工作了两年时间，但是也没什么积蓄。我知道家里不富裕，给不了多少金钱上的支持，只能靠自己。于是，我花了半年的时间拼命工作，至于生活开支，则能省则省，终于攒够了第一年的学费。

当时，我每天只吃午饭，一元钱买两个馒头，就着自家腌制的咸菜吃。觉得实在饿得头晕的时候，就拼命地往肚子里灌水。我的同桌阿健实在看不下去了，就时常把他的饭菜分给我一些。也许是再次上学，内心比较敏感，阿健虽然经常主动和我说话，想要和我做朋友，但是我当时觉得，阿健家庭条件好、长得帅、学习好，不可能真心跟我交朋友。所以，我和他说话也就仅限于客套而已。在我看来，他只是看我一副穷酸样，可怜我而已。

阿健家里是做生意的，生活费比较充裕，每到吃饭的时候，他总是会拉我一起出去吃。我一开始不好意思，后来也就不再拒绝了，心想以后一定要好好回报他。后来，他干脆每个月都给我一张充了 500 元钱的食堂饭卡。所以，在上大学之前，我基本上是白吃白喝他的。

有次放假，阿健给我打电话，问能不能来我家找我玩。当时我家为了节省房租，在火车道旁边的贫民区里租了一个小房子，房子对面就是垃圾处理厂，臭气熏天。因为自卑，我从来没有邀请过任何同学来家里玩，但是这次我想不到任何拒绝阿健的理由，只能硬着头皮告诉他我家的地址。他花了一个多小时才找到我家。他进门的时候，明显愣了一下。也许他这辈子都没有见过这么糟糕的房子吧。我当时就有些后悔让他来家里了。但是阿健什么都没说，随意地坐在破烂不堪的沙发上，一点都没有嫌弃的意思。

到了中午，阿健说要请客，去外面吃饭。但是来我家做客，怎么能让他掏钱？当时，爸爸妈妈不在家，我身上的钱又不够，怎么办？我咬咬牙，试探性地问了句："你要是不嫌弃的话，要不咱俩中午在家里吃吧，还有些菜，我会做饭。"阿健特别高兴地答应了，说没想到我竟然会做饭。我简单炒了两个菜。阿健吃完后非常满足地说："你小子还有两下子，挺好吃的，以后你开个饭店，生意肯定好！"

听了这话后，我眼睛涩涩的，第一次觉得自己交到了一个真正的朋友——不但没有嫌弃我，反而真正地尊重我。

高中毕业后，阿健的话应验了，我真的开了家饭店。开业那天，阿健给我包了个 1000 元钱的红包。我坚持不收，他说，那就算是我入股饭店的钱吧，就是少了点。话已至此，我只好收下。在我的潜心经营下，饭店的生意日渐兴隆。没几年，我买了车子和房子。我拼命地想洗白自己的穷酸身份，想要进入更上层的人际圈子，天天跟着一群富二代歌舞升平，和阿健的来往渐渐少了。当时，他在做网页设计，工作很忙，挣的钱却并不多。我能感觉到，他有意在躲我，但是当时的我一心只想经营人脉，根本没心思考虑阿健的事情。

正当我得意忘形的时候，我的股票突然暴跌，所有存款都被套牢了，以至于需要抵押饭店，将要变回一个身无分文的穷光蛋了。而我苦心经营的所谓"人脉"轰然倒塌，那些平时和我称兄道弟的人，谁也不搭理我。而在我一筹莫展、万念俱灰的时候，阿健是第一个主动打电话询问我情况的人。

他约我出来吃饭，问我今后有什么打算。我说还没想好，可能要把饭店卖掉还钱。听完我的话，他突然大力地拍了下桌子，说："饭店不能卖，卖了你这么多年的努力不就白费了！不行，绝对不行！"我丧气地说："不这么办，还能怎么办……"他也沉默了片刻，喝了口啤酒，认真地对我说：“我这两年有一些存款，大概五万元钱吧，你拿去用，先把钱还上，饭店不能卖，你还得靠着它东山再起呢。我知道你有能力，我也想创业，但我没那本事，所以这钱就当是我投资给你的，你成功了，那我也就算成功了。”说完这些话，他猛喝了一口啤酒，又说：“也奇了怪了，这钱我平时都不舍得花，心疼，但是给你花，我不心疼……”

听完这句话，我坐在饭桌前，不管不顾地号啕大哭起来，所有人都看着我们，但是我就是控制不住自己，一个大男人哭得停不下来，以至于后来阿健每次见我都要提这件事来笑话我。

真正的友情，是会让你哭出来的。很难想象，如果没有友情，我会是什么样子。如果你有让你感动得哭出来的朋友，请一定要好好珍惜他。

30

到现在为止，我最后悔的事情有两件。

第一件事，是我的父亲。

其实，从小到大他几乎没有怎么管过我，因为他的全部心思都用在怎么讨外面那个女人的欢心上，有时候甚至公然把那个女人带回家吃饭。我妈气不过就骂那个女人，他不知道是真的生气，还是只是为了在那个女人面前表态，当即就狠狠地给了我妈一巴掌。

从此以后，他对我妈越来越冷漠，有次争吵时，他把我妈推倒在地上。我妈的头直接撞到了墙角，流了很多血，他却视而无睹，漠然地摔门就走了。

直到我十岁的时候，我妈受不了了，就和他离了婚，当时我特别清楚地记得他说："要走就都走，我也没有闲钱养这小兔崽子！"这就是从亲生父亲的口中说出的话。我当时就决定这一辈子再也不要和他有任何关系。

于是，我妈一个人抚养我，他一分钱的抚养费都没有给过我们，还经常喝醉酒后跑到我们家来大闹一场。有时候，他借醉酒还要打我妈，我实在看不下去了，就对他拳打脚踢，把他赶出门。我妈每次都要拦着我，不让我动手，我瞪大眼睛喊她："他都这样对你了，你怎么还护着他？！"她总是一边抹泪一边说："毕竟是你爸啊……"我最讨厌听到的就是这一句话，他凭什么能这样对待我们呢？

一年后，他竟然又来跟我妈抢我的抚养权。当时，他炒股挣了一些钱，我妈想让我享受更好的生活条件，就同意了。谁知道，他把我扔在了奶奶家，仍旧是不管不问。最关键的是，他依然不给抚养费，生活费和学费最终还是我妈出的，还不让我和我妈见面，几年才能见上一回。

我上大学后，就基本上没有回过家，也很少和他联系了，只是定期给他汇过去一些生活费。直到我快要结婚的时候，他突然打电话来找我借钱。我说借多少，他竟然狮子大开口要十万，我气得直接回了一句"你做梦"，也没问他到底借钱做什么，就把电话挂了。

结果不到两个月，我妈突然来电话，说让我回家一趟。我回去才知道，父亲因为直肠癌病逝了。我才幡然醒悟，上次他打电话来借的是救命钱，我却那么残忍地回绝了他唯一的希望。

我跪在他的遗像前，沉默了很久，我很想哭，但是那个时候我却一滴泪也流不出来。直到我奶奶把家里的房产证拿给我的时候，我才发现上面赫然写着我的名字，奶奶说这是他过世之前特意改的名字，说女儿出嫁什么都没有，反正自己也快要死了，就给我当嫁妆吧。我拿着房产证，眼泪终于夺眶而出。这是这辈子他留给我的唯一的也是最后的父爱。

他虽然生前没有尽过父亲的义务，却留给了我永远的内疚。

第二是我未能出世的孩子。

父亲去世之后，我沉浸在无限的悲伤中，精神很不好，身体逐渐消瘦下去，而且经常会腹痛。老公带我去医院检查身体，意外发现我已经怀孕一个月了，全家人都非常开心，一家人都欢欢喜喜地期待着宝宝的到来，只有我闷闷不乐。

孩子的到来并没有冲淡我内心的悲伤，我甚至有时候会想，这个孩子来得真不是时候。也许是孩子感应到了我的想法吧，一个月后，我去做检查，B 超显示，已经胎停了一个多星期，原因不明。

我这才反应过来，这个孩子对于我的意义，也许就是因为我想要放弃他，他才会觉得妈妈不想要他，才终止了自己的生命吧。我伤心到了极点，觉得这一切都是因为自己，恨不得去死。老公一直守在我身边，他知道先后失去父亲和孩子的我处在崩溃的边缘，就一直鼓励我说，我们还会有孩子的，一切都会好的。

做流产时非常的疼，我知道，这是这个孩子在这个世界上留给我的最后的感受。他要让我牢牢地记住这份痛，把这份遗憾深深地刻在我的心上。

经历过这两次生离死别之后，我才懂得，这个世界上没有什么比健康和生命更重要的。虽然我还是会时不时想起离去的他们，也还是会为他们黯然神伤，但我相信他们一定是希望我能更好地生活下去。

生的人，总要带着遗憾活下去，才是对去世的人最大的慰藉。

31

这是我爸爸的故事。

爸爸在家里是最小的孩子。当时，家里已经处于无米下锅的状态了，他的到来没有给这个家带来丝毫的喜悦，甚至成了压垮这个家的最后一根稻草。

于是，我爸被送走了，来到了一个全新的家庭。遗憾的是，这家人也很穷，只是因为女主人无法生育，才决定领养了他。

我爸懂事比较早，可能是知道了自己的身世，所以从来不哭不闹，就算一起玩耍的小朋友总是嘲笑他，说他是捡来的，他也不生气。他经常一个人坐在家门口的门槛上，一看书就是四五个小时。

唯一和养父母争吵是因为他们想要让他辍学打工，来缓解家中的困难。我爸哭了一天一夜，跪在养父母面前，保证上学不会花家里的钱，求他们能让他接着上学。养父母拧不过我爸，于是也就答应了，只是从此以后再也没有给过我爸一分钱。

从那天开始，我爸每天走十几里山路去学校，中午没饭吃，就偷偷去别人家地里挖红薯吃，或者就只喝白水。放学再走十几里回家，然后帮养父母干活到晚上八九点，然后才能看书复习功课。

为了能有钱上学，他就去打短工。幸好我爸的体格从小就比一般小孩子要壮许多，所以就去帮别人搬砖、扛木头、抹水泥，一分一分地凑齐了每一个学期的学费。就这样，我爸在自己的努力坚持下，读到了高中毕业。

那时有组织过一次考试，说是成绩名列前茅的人就可以分配到一家纺织厂上班，国营单位，有着稳定的工资。当时我爸的成绩一直是全校前三，这次考试他考了第一名。他当时很有信心，觉得自己的人生终于因为这次机会将会变得不一样。但是第二天公布结果的时候，他却发现没有自己的名字。原来他的名额被当时一个家里比较有钱的同学顶替了。

他难过，不服气，就去理论，但是没有人理他，也没有人能帮他，教他的老师看到他后都摇摇头说："这孩子命怎么这么苦。"现实就是如此残酷，改变一个人一生命运的机会，别人用几张薄薄的纸就能轻易地夺走。他不甘心，不甘心放弃，也不甘心向命运低头，于是接着一边打工，一边准备自学考试。一年后，他考上了一所师范院校。他知道那里有他想要接受的教育，还能在未来给他一份稳定的工作。他告诉自己，要毫无保留地为梦想奋斗。

大学的日子，大概是他这一生中最幸福的一段时光了，因为成绩优秀，他获得了国家助学奖学金，学费和生活费都有了着落。但是他还是选择了勤工俭学，去学校食堂和图书馆打工，挣的钱全部寄给在老家的养父母。

那时，他很爱看书和写作，在学校期刊上发表了很多诗歌，是当时学校的才子。他还买了一把二手吉他，自学了弹奏，参加了两次文艺演出，吸引了一大帮姑娘为他着迷。我妈就是其中之一。他们很快相爱，感情很好，日子过得灿烂无比，直到快要毕业的时候。

他们想要结婚，可是双方父母竟然都不同意。我爸的养母嫌弃女方家里没钱没权势，觉得儿子不但是全村的荣耀，还是国家教师，应该找一个能给家里长脸的儿媳妇。女方的家里自然是嫌弃我爸的条件太差，那时我爸家里还是毛坯房。但是，我爸和我妈坚持要在一起，两家人怎么劝都无济于事。最终，他们如愿以偿地结婚了。

结婚需要钱，但是我爸家里已经明说了，不会给他一分钱，我妈妈家里也是同样的情况。于是，我爸和我妈就想找大姨借一些钱，但是大姨也不直接回应，只是说这事儿不好办。我妈想了想说："要不我去你厂里打工吧，这次借的钱就从工资里面扣。"这才借来了 500 元钱结婚。我妈打工的时候，大姨还总是想办法克扣工资，以至于我妈在大姨的服装厂里白干了将近一年多的时间。

后来，大姨夫沉迷于赌博，大姨气得一病不起，一检查发现是肝癌早期，需要大量的钱治病。我爸和我妈知道后，把攒了三年的钱全都给了大姨。

我妈清楚地记得，有一次他们下班回家，路过一家烤鸭店，香气四溢，我爸不自觉地停下脚步对我妈说："好想吃啊，还没有吃过烤鸭呢。"我妈说："那就买一只回去。"两个人走上前，我爸伸长了脖子往里面看了看，说："太贵了，我不吃，你吃不吃？你要想吃我就买。"我妈一看价格，一只烤鸭大概 10 元钱。那个时候我爸一个月的工资已经快 1000 元了，他却还是不舍得自己享受。但是第二天，我妈发现我爸又给大姨打了 2000 多元钱。

这些事情都是妈妈告诉我的。我一直觉得我爸是一个非常了不起的人，因为并不是每个人都能对那些曾经刻薄对待自己的人给予最真心实意的帮助和关心。或许就是这些大大小小的事，在潜移默化地影响着我，让我能拥有一双澄澈的双眼，用异常温暖的目光来看待这个残酷的世界。

32

我的发小是一个胖乎乎、总是笑眯眯的姑娘。因为是邻居，所以我们是一起长大的，一起玩耍，一起上学，也一直是同班同学，每天形影不离，就像双胞胎一样。

她的家庭情况不太好，初三的时候，她的父母闹离婚，每天吵架。她也受了影响，情绪很差，经常莫名其妙对人发火。因为我知道她的情况，所以一直包容她的情绪和无理取闹。

但是，有一次我因为考试成绩不理想，实在没忍住，也冲她嚷嚷了两句，两个人便开始冷战。过了一段时间，她突然有一天没来上学，我放学后跑到她家里打听，才知道原来她因为受不了父母的争吵而选择了结束生命。

当我得知消息的时候，突然发现自己竟然无法想起她的模样。我拼命地回忆，拼命地想，却无济于事。她妈妈告诉我，她留下的遗书里写着，让人给我捎一句话——“对不起”。

我浑浑噩噩地回到家后，把自己关在屋里，哭了整整三天，我后悔自己和她冷战。为什么在她最难的时候，我不能再忍让一些，我甚至都不知道当时我们两个到底是为了什么事情而争吵。

从那以后，每年她的忌日，我都会烧一封信给她，跟她说说自己这一年发生了什么事情。十几年过去了，当时的同班同学已经没有人再提起她了，几乎所有人都忘记了曾有一个天使般的姑娘存在过。

只是，每当我看到“最好的朋友”这样的字眼的时候，我总是会想起她，想起我们曾经一起度过的快乐时光。

我欠她一句话。

我希望，如果一切能重新再来一遍的话，我想亲口对她说：“没关系，我们和好吧。”

33

初中时，我成绩很差，中考没考好，上了一个很一般的高中。于是，家里人给我报了一个补习班，每周六我都会去一对老夫妻家里补习功课。他们两个人都是退休教师，爷爷是教物理的，奶奶是教数学的，上课的地方就在两位老人的家里。

一开始，我很讨厌去上课，经常无故翘课。每次爷爷都会打电话到家里，问我为什么没去上课，惹得我爸对我一通毒打。我当时狠狠地想：“钱又不是没有给你们，你们挣你们的钱，管我上不上课啊！”

之后，我变得异常顽劣，补习班去倒是去了，就是补习的时候经常捣乱，不是趴在桌子上装睡，就是不肯做他们布置的作业。但是爷爷奶奶从来没有对我发过脾气，总是很耐心地劝我，一题一题地给我讲解，但我还是不买账。

有一次，我放学后在外面吃砂锅米线，吃了一两口就没胃口了，就打了包直接去爷爷奶奶家补习。结果，奶奶一开门看到提着砂锅米线的我，一脸惊讶，以为我是专门买来给他们吃的。奶奶特别高兴地喊爷爷赶紧出来，两个人含着泪把我这份吃剩下的砂锅米线吃了个精光。奶奶还一直拉着我的手，不停地念叨着“好孩子啊，好孩子”。我心想，他们两个人是穷到连砂锅米线都吃不起的地步了吗？

后来我才知道，爷爷和奶奶算是所谓的“空巢老人”，儿女双双在外地工作，孙子孙女也都好几年才回来一趟，平时家里只有他们两个人相依为命，没有任何后辈来看望，心里多少有点落寞。于是才决定开了这个补习班，并不为挣钱，只是想给自己找点事情做，以免心里总是惦记着远在外地的孩子们。

从那次砂锅米线事件之后，两位老人却把我当亲孙子一样爱护和照顾。

每当我爸来问我学习情况的时候，他们都会挡在我前面，跟我爸说我很聪明，只是不太爱用功。青春期的小男孩难免坐不住，再多给他们一些时间就能把我教好。

听到这些话后，我真的很感动，因为对他们而言，我只是一个陌生人，他们不但在我爸面前为我说话，还经常给我买一些好吃的，在补习的空当拿给我吃。我知道他们是真心为我好，真的想帮我提高学习成绩。那一刻我心里很惭愧，决定不再抵制补习这件事情，开始努力学习。

终于，在高二分班考试的时候，我以年级第一名的好成绩顺利进入了重点班。高考的时候，我又以超出一本分数线 30 多分的好成绩，上了一所很好的大学。

于我而言，爷爷奶奶就是我人生中的贵人，当年如果不是他们，我可能仍然是一个小混混，甚至连大学都上不了。为了自己，也为了不辜负两位老人的苦心，我知道我应该努力奋斗。

在人的一生中，我们总会遇到不放弃我们的人，珍视我们的人，是他们带我们走出迷雾，给了我们新的生活，让我们成为更好的自己。

34

人生总是充满各种各样的变数，总会让你措手不及地去面对一些你从来也想不到的事情。

从小学到初中，我的成绩都很一般，我也觉得自己不是读书的料，所以也没什么上进心。中考的时候，我意外地发挥超常，考上了市里的重点高中，虽然只比分数线高了 0.5 分，但是对我而言却是莫大的鼓励，让我觉得有了奋斗的动力。

于是，高中时我非常认真地学习，成绩提高得很快，一下子就从年级 200 名，冲到了前 20 名。我顿时觉得自己的人生充满了希望。我在心里暗暗下定目标，一定要考上重点大学。为此，我每天都给自己很多额外的学习任务，每天都学习到深夜。

高三的时候，有一天我看书到十二点多，突然觉得特别乏力，以为是最近太累了，于是就去睡觉了。结果第二天早上，我迷迷糊糊的，发现自己还是浑身没有力气，而且手脚都不听使唤了，想要叫喊，却发现自己发不出声音。我顿时慌了，拼命想要翻身，却开始吐个不停，幸好妈妈听到了我屋里的动静，及时叫了救护车来把我送进了医院。

我以为只是因为过度劳累造成的身体机能的下降，却没想到，检查结果是先天性脑血管畸形。需要开颅做手术，而且不能耽误，必须马上手术，所以在我还没能反应过来到底发生了什么事情的时候，已经被送上了手术台。

整台手术整整 24 个小时，这 24 个小时里，我梦见了许多人，我梦到了早已过世的爷爷，他跟我说我还没有到死的时候，所以不能带我走，还梦到了常年在国外工作的爸爸守在我的身边……

手术结束后，我被送进了 ICU 重症监护室里，身体的左半边完全没有知觉，也看不清眼前的一切事物，只能不停地默默流眼泪。后来病情稳定之后，我转到普通病房，终于摘下氧气面罩，视力也渐渐恢复，但是还是留下了严重的后遗症，比如眼睛不能聚焦，不记得怎么使用拼音，一条几个字的短信编辑了近一个多小时；身体协调性变得很差，脚步有时不受自己的控制，第一次下床走路，在妈妈的搀扶下只跌跌撞撞走了不到十米。

后来，我出院回家休养。当然那年的高考我根本没有办法参加。我的手完全不受控制，连笔都握不住，写的字连一年级的小学生都不如，而且写着写着就看不清了。曾经发誓要考上重点大学，现在却连字都不会写了，这是多么讽刺的一件事情啊。

我那段时间情绪特别不好，妈妈怕我做出傻事，时时刻刻都在我身边看着我，但我还是趁她不注意的时候，把自己关在厕所里，割腕自杀，幸亏我妈及时破门，才把我送到医院抢救。

我醒来以后哭着喊着：“为什么还要救我，要我死了算了，我不想活了！”妈妈只是紧紧地抱着我，不停地说：“会好的会好的，咱们做康复，慢慢来，肯定可以的。”

于是我开始了漫长的康复之路，每天都要去康复中心，和那些身体残疾的人一起做一些基本的恢复训练。过了半年之后，我终于重返校园。休学的这半年，我整个人的心态变得很消极。回到学校后，由于记忆力变得很差，很多东西都忘记了，而且常常记不住，成绩也自然没有之前好。心里的落差让我变得更加抑郁，除了原来的朋友回学校看我的时候，我心情会好一点，除此之外我都是一个人待着，也不想接触新的同学。

班主任知道我的遭遇，对我格外关照，经常找我聊天，开导我，让我不要给自己太大压力，就算上个大专也挺好的，也能学到一技之长。但是当时我觉得自己完了，我的梦想再也不能实现了，那种心如死灰的感觉，我到现在都记得清清楚楚。

那段时间我每天都会感到莫名地恐慌，觉得一觉睡过去第二天就醒不过来了，常常夜不能寐，精神状态很差，但也咬着牙坚持着。

有一天，正上着课，我突然浑身抽筋，口吐白沫，吓得同学和老师手忙脚乱地把我送进了医院。班主任知道这件事情后，主动找到我妈，想要劝退我。但是，我妈知道如果不让我上学，就等于断了我活下去的唯一动力。她求老师帮帮我，但学校也有学校的顾虑，我妈就跪在校长门口，一直跪倒校长同意为止。最后，我妈和学校签了一份保证书，学校才让我继续留下。

当我知道我妈下跪这件事情之后，我心里格外难过。我生病的这一年，只有妈妈任劳任怨地照顾我，我所有的无理取闹她都全盘接受，我冲她撒气，她也只是忍耐着。我从来没有想过，我生病对她而言也是一个异常沉重的打击，但是她却从来没有想要放弃我，甚至放下尊严，只为我求得一个上学的机会，我还有什么理由再放弃自己呢?

一切重新开始，是一件异常艰辛的事情，我必须要忘记曾经的自己，把自己清空，才能面对未来。虽然起点很低，之后的路会很长、很难走，但是我还是相信一切都会好起来。我已经经历了这么多常人所没有经历过的糟糕的事情，还会再怕些什么呢?一步一步往前走，人生随时都有翻盘的可能性。

35

高考结束的那个夏天，成绩还没有公布之前，我却因为打架进了看守所。也许是负面的情绪压抑得太久了，突然间的放松，让我们那次的冲突变得异常激烈，每个人下手都失了轻重，以至于我把一个男生的视网膜打脱落了。

18 岁的我，本应该是一个无忧无虑的少年，在太阳底下享受美好人生，拥有人生中最快乐的时光，却在补偿一时冲动而犯下的罪过。父亲在单位里面抬不起头，到处求人帮忙都无济于事，母亲整天以泪洗面，天天哭得像个泪人似的。本来幸福美满的一家人，也因我而变得如在地狱里一般。

我在看守所里待了整整半年多，我永远都不会忘记那段没有尊严的时光。在看守所，每天都吃不饱，睡不好，因为我年纪小，许多其他的犯人就故意欺负我，有的时候甚至会对我拳打脚踢，甚至做出更加龌龊的事情。那段时间，我都不知道自己是怎么熬过来的。

我无数次想，我不想再这样苟延残喘下去了，反正出去也没脸面对父母，也没脸再活下去了，干脆逃狱，让子弹结束我的生命算了。但是我没有那个勇气，只能一个人晚上在被窝里痛哭。

好在后来我遇到了一个因意外车祸进入看守所的中年人，他看到我被人欺负，就把我护在身后，我的日子才好过了一些。有一次，我突然上火发高烧，没有医生，他就用刮痧的土方法，找了一小块木板在我的背上和四肢不停地刮，整整照顾了我一天一夜。如果没有他，我可能真的就小命不保了。

他一直开导我，说我还年轻，犯了错误还有时间再弥补，不能轻易放弃生命，让我多想想在外面等着我回家的父母，多想想未来会发生的美好的事情。没有他，我真的不知道自己会变成什么样子。在人生最艰难的日子遇到贵人，这也许是不幸中的幸运。

从看守所出去之后，我去了外地的中学复读，比任何人都格外努力和用功。我知道，这是老天给我的一次重新开始的机会，我必须要牢牢把握在手里。终于，功夫不负有心人，我考上了重点大学。记得查到成绩的那一刻，我仰天长啸，泪流满面地在马路上奔跑，把积攒在心中的所有委屈、所有郁闷和痛苦都统统发泄了出来。

我知道，我即将拥有一段全新的人生，我可以像其他人一样，去拼搏，去争取，去追求自己想要的生活。我相信我的未来不会比任何人差，我相信人生总有路可以走。

36

我是一名心理学教师，汶川地震后，我主动要求前往震区，对孩子、当地教师、家长进行灾后心理疏导。抵达灾区后，我才知道实际情况远比电视报道上严重得多，是一片不亲眼看到就难以想象的惨状。

我所在的志愿小队一天要造访三四所山区学校。当时余震不断，救灾资源也十分紧缺，当地大小超市的火腿肠、罐头、面包之类的食品早已被一抢而空。我们每天都要回驻地吃饭，驻地提供的饭菜是免费的，基本上就是三个大桶，一个盛米饭，一个盛素菜，一个盛没什么肉的肉菜。因为我们去的学校基本上都在很远的地方，午饭基本上都是直接忽略的。一天唯一的一顿饭就是晚上回到驻地这一顿。

我还记得抵达灾区的第一晚，我去打饭的时候，一个五十多岁、头发花白的师傅给我盛饭时，看了看穿着救援队服的我，问："志愿者吗？"

我点点头，他上下打量着我，好像在思考什么事情，手还一边有节奏地敲着饭盆。我当时心就慌了，心想："难道看我是女孩，所以觉得不可信？还是别的什么？"总之，我被他看得内心发毛。

他回过神来后，迅速地给我盛好饭菜，我走之前，他冲我喊了一句："明天记得到我这儿来打饭啊！"

我心里特别疑惑，但是第二天还是按照他说的话去了他那个放饭点。他一眼就认出我了，然后朝我笑笑，然后结果我的饭盒，把他那支又大又长的勺子深深插进装肉菜的大盆里，从盆里捞出满满一勺肉菜，放进了我的饭盒。我一直怀疑那些肉是被他故意藏在盆底的。

我当时就慌了，毕竟在灾区这样吃肉不太好，于是我请他帮我把肉放回去一下，那师傅却一挥手说：“你个姑娘家，年纪轻轻的就自己跑到我们这儿受苦，天天走山路那么辛苦，多吃点肉！这里没人会说个不字的，谁说你我给你做主！”

我被他的话弄得哭笑不得，回头看看身后等着打饭的灾民们，他们都一脸笑意地看着我，那眼神里是满满的谢意和心疼，我那一瞬间竟然禁不住流下了眼泪。

37

学校举行高考百日誓师大会那天，我爸去世了。

那天誓师大会结束后，我刚回到教室，就被班主任叫到办公室去了。他第一句话就对我说：“我给你开好了假条，你赶紧回家一趟吧。”我一头雾水地拿着请假条往学校外面走，心里有种很不好的预感。

刚一出校门，我就看到我两个叔叔在外面等着我。他们开了一辆面包车，车里面拉了一块石碑，我当时第一反应就是，难道奶奶出事儿了？因为当时奶奶已经年过八十了，而且身体也一直不好，我唯一能想到出事的就只有奶奶了。

但是，两个叔叔都没有跟我说什么，只是让我赶紧上车，带我回家。

一路上，我就开始哭，因为我是奶奶带大的，所以对奶奶的感情很深。但是车子到了我家，我刚一进门的时候，叔叔突然搀住我，特别严肃又悲情地对我说了一句：“你爸死了，哭吧。”

我当时只觉得五雷轰顶，耳朵边什么都听不到，眼前一片漆黑。好不容易缓过劲儿来，才跪倒父亲的遗像前，大声哭起来。

至今我一直记得那天，记得叔叔对我说的那句话。每次想起都会不由自主地流下泪来。

38

我三岁的时候，父母离婚了，我被判给了爸爸，妈妈则离开了我们，去了另外一个城市。后来，她再婚了，后来就没有联系。在孩子最需要父母悉心照顾的时候，我却失去了母爱；至于父爱，也几乎从未得到过。我爸对我不闻不问，从来没有关心过我，直接把我丢给爷爷奶奶照顾。他没有尽到一丝一毫的父亲的责任，别说抚养费，就连学费都没有给过一分钱。爷爷奶奶靠着微薄的退休金供我生活和上学。

我从小跟着爷爷奶奶一起长大。爷爷家里有很多书，在我很小的时候，爷爷就每天抱着我坐在书房里，给我读各种各样的故事，教我识字、写字。也许是因为受到这样好的启蒙教育，所以我上学后的成绩一直都很好，最终考上了一所名牌大学。拿到录取通知书的时候，爷爷的嘴都乐得合不上了。

奶奶一直对我疼爱有加，她从来舍不得把钱花在自己身上，到我上大学之前，我基本上没见过她买过什么新衣服，她总是说钱不能乱花，要都给我攒起来买房子用。

我印象最深的是大学新生报到那天，我担心爷爷奶奶年纪大，舟车劳顿，对身体不好，所以想要自己一个人去报到，但是奶奶执意要送我去。报到结束后，时间已经很晚了。我陪奶奶在学校附近想找一家便宜点的旅馆过夜。找了很多家，奶奶不是嫌贵，就是觉得不干净。最后，她要求在宿舍的书桌上凑合着睡一晚上。我一听就急了，我知道奶奶只是心疼那一百多元钱房费，可那个书桌怎么能睡人呢，于是劝她还是住在旅馆里。

最后我没有拗过她。回到寝室后，我说要不我睡桌子，让奶奶睡床，奶奶更加不同意。后来我室友说要不和我在他床上挤一下，让奶奶睡床。奶奶却说不用了，两个大小伙子，一张小床怎么能睡得开，还是她睡书桌吧。奶奶简单地收拾了书桌，就躺了上去。

那一晚上是我这辈子到目前为止最难熬的一个夜晚，连高考前都没觉得这么煎熬过。我整晚都在担心她会不小心从狭窄的书桌上摔下去。无论是谁，躺在那样的地方睡觉应该都非常痛苦吧，何况奶奶这样一个上了年纪的人。我一夜没睡，时刻警惕着，时不时地探头往下看一看，也不知道什么时候睡了过去。

第二天，奶奶还笑着对我说，这是她这辈子睡得最好的一觉了。因为自己是在大学里的宿舍里睡的，也算体验了一把大学生活。她很高兴，还开玩笑说，可惜我爷爷没来，没这福气。我当时眼泪就在眼眶里打转。我紧紧地抱着奶奶，一句话都说不出来。我在心里默默发誓，一定要让爷爷奶奶睡上最舒服的床。

在我看来，世间最痛苦的事情就是，你眼睁睁看着亲人受苦，却什么也做不了。趁一切来得及，我一定要努力，让爷爷奶奶过上好的生活。时间啊，请你慢点走。

39

一年前，我爸病倒了，检查发现是恶性脑瘤，也就是癌症。我们一家人都慌了手脚，我妈直接哭晕了过去。手术那天，怕我妈情绪反应过大，我留在家里陪她，哥哥守在医院里。手术结束后，哥哥打来电话，说我爸术后反应很强，一直在发烧，不过病情基本上算是稳住了。接下来的日子，我和哥哥轮流去医院照顾我爸。

有一次，我给我爸喂粥，一小碗粥整整花了半个多小时才喂完。因为剧烈的疼痛，中间好几次我爸都觉得难以下咽，我只能忍着心疼，强迫他多喝一点。喂完之后，我在清洗池一边洗碗一边哭，我不知道为什么这样的事情会落在我们身上。

爸爸的病需要大量的钱，我们到处找亲戚朋友借钱，才凑够了手术费。爸爸这一病倒，家庭的重担就落在哥哥身上。受这件事情影响，我高考只考上了一所三流大学。考虑了一下，与其上学，不如早点赚钱，为家里减轻负担。我决定跟着哥哥在工厂上班。

有一次，我值完夜班在宿舍睡觉。正睡得迷迷糊糊时，被我姨妈打来的电话吵醒了。她张口就问我："医院的情况怎么样了？"我当时一头雾水，恍惚着问她："姨妈，什么怎么了？"结果电话那边顿了几秒说："没事，我打错了，你接着睡吧。"于是，我又睡着了，但没多久，一种不祥的直觉惊醒了我。我突然想到是怎么回事了。我赶紧冲到车间去找哥哥，结果找不到人。我赶紧给哥哥打电话，结果电话是哥哥的同事接的。他告诉我，哥哥上班的时候，不小心被机器割到了手，现在在医院里等待手术。

一时间，我大脑一片空白。我内心只有一个念头，我哥哥千万不能有事，要不然我家就算完了。我一路狂奔到了医院，看到哥哥从手术室里走了出来。他看到我的第一句话竟然是：“上夜班怎么不多睡一会儿？”

长兄如父。自从我爸生病以来，他一直无声无息地承担起了家庭的重担。他什么事情都不想让我操心，总是护着我、心疼我。到处找人借钱的是他，向债主低声下气求情的是他，在医院伺候爸爸手术的也是他……

我看着他手上包扎的纱布，一句话也说不出来，只是默默地扶他回病房休息。我突然发现，哥哥头上多了许多白发，他才二十五岁啊，却有着与年龄不符的沧桑。我忍不住在他身边哭出声来。哥哥看到了笑话我，说我一点也不像个男子汉，这么点事儿就哭，以后还怎么扛起这个家来？

那晚哭完后，我发誓，我一定要努力做一个顶天立地的人，成为一家人的顶梁柱。后来，我听说过一句话说得特别好：总有一次哭泣，让人瞬间长大。也许，就是这次哭泣，让我一夜长大。

40

大四的时候，我遭遇了各种悲剧。女朋友分手；和兄弟一起打架被记过；英语专八考试失败。当时，整个寝室都出去实习去了，只有我因为养情伤不愿意出去找工作，感觉诸事不顺，一想就觉得自己悲催。老爸天天念叨，花了这么多钱上学，就是干不成一件事。我的心情糟糕到了极点。

幸亏当时的系主任一直鼓励我，天天给我补习英语。好在忙起来了，就慢慢没时间考虑心情了。寒假的时候，我拿了 3 张图书借阅证，一共借了 30 本书，带回家看。

在 40 天的时间里，我每天疯狂看书和做题。每天早上 6 点起床，晚上 12 点睡觉。为了清静，我特意在我家另外一套小房子里学习，没有暖气。就这样疯狂准备了一个月。专八考试前几天，我回到学校和导师简单沟通了下，觉得自己没有问题了。后来成绩出来了，我年级第二名。后来，好朋友全都回来陪我喝酒。我就在酒桌上嚎啕大哭，终于有种拨云见日的感觉。

那段时光是我最惨也是最好的经历。现在只要我觉得灰心的时候，我就会选择先忙起来，命运不会对奋斗的人太不公平。

一段段灰暗的日子，一路走过来，一路用心体会，然后慢慢地，你会发现，自己成熟了。

41

我是一个不折不扣的“死胖子”，身高 1.62 米，体重 150 斤。我是那种脸小身子胖的人，所以只看照片的话，大家都觉得我的长相还算比较漂亮。

可是我天生就是喜欢暴饮暴食，从小就特能吃，嘴巴根本停不下来。虽然我看起来比较开朗活泼，但是内心很脆弱敏感。我并没有像表面上那么云淡风轻，心里还是很在意自己的体重问题。

26 岁的时候，家里人着急我的婚事，给我安排了很多次相亲。其中有几个看了照片答应出来见一面，但见到真人后，他们都拒绝了我，原因都是“你长得是挺漂亮的，但是我不喜欢太胖的人”。有一个特别过分，说我是骗婚的，照片很好看，真人却这么胖。我听了，心里五味杂陈，心里很难受。

后来，有一个离过婚的、带着孩子的中年男子勉强和我交往了一个星期，对我颐指气使，让我做这个做那个。我觉得很委屈，就跟他吵：“你别什么事情都让我做啊，我是你女朋友，不是你的佣人！”

他却对我说：“你好意思说呢，你答应和我好以后就减肥，现在饭量不减反增，我让你多动动，不是为了你好吗？每天就知道吃！还老和我吵架，也不看看自己几斤几两，难怪没有男人喜欢你！活该！”然后就跟我断了联系，他把我的电话、QQ、微信通通拉黑。我想道歉，挽回这段来之不易的感情。我打了无数个电话都没人接，去他家找他，也没有人开门。最后这件事情传得人人皆知。在传言中，我是个胖、脾气差、对别人死缠烂打的人。这下，更没有人愿意跟我交往了。

从此以后，我患上了神经衰弱，每天只能睡三个小时，暴饮暴食，每天以泪洗面，不愿意出门，窝在家里，也不说话。我爸看不下去了就只能骂我“没出息，怪不得没人要”。我妈也只能看着我，无能为力。

我实在受不了了，就用自残来缓解心理上的压力。直到现在，那些丑陋的疤痕还留在我的手腕上，提醒着我，曾经有那么一段黑暗的经历。

后来，我决定减肥，先是试用一些减肥药，结果被骗了，一个月竟然还胖了五斤。我又去了一家减肥中心，每周两节课，花了几千元钱，折腾了小半年，一点效果都没有。

在我快要放弃的时候，我遇到了一个让我一见钟情的人。他是新来的同事。他并没有像其他人一样，看到我就露出鄙夷的神情，反而对我很和善，每天也会像和其他同事打招呼一样跟我打招呼。中午吃饭的时候，他会主动问我要不要一起吃。当然，我都是以各种理由拒绝的，因为我觉得我配不上他，只能在心里默默地祈祷，在我减肥成功之前，千万不要被人夺走。

终于，我有了减肥的动力。我狠下心来，每个月都把工资卡交给妈妈保管，让自己手里没有闲钱买吃的。我每天都去健身房跑步，一跑就是两个小时，再做一个多小时的器械运动。

三个月时间，我瘦了整整 40 斤，体形发生了翻天覆地的变化。当我暗恋的那个同事再次邀请我一起吃饭的时候，我答应了。我们很聊得来，没过多久就在一起了。父母因为这件事情乐得合不上嘴，别人再也不会对我指手画脚。

只要不放弃，人生总是会掌握在自己手里，黑暗的日子只是为了让未来显得更美好而已。

42

我是典型的农村孩子，而且还是个女孩。家里本来就不支持我上学，但在我的坚持下也读到了大学。大学毕业时，遇到和家里难以协调的矛盾，我爸私下里给我介绍了一个对象，是村长的外甥。当时我家正要开荒一块地，需要村长的签字，所以他们想用这种方法攀上亲戚关系，得到那块地。

我自然是拒绝的，在外苦苦求学四年，难道就是为了再过面朝黄土背朝天的日子吗？于是我先跟我爸促膝长谈了一次，跟他说："家里供我这四年也不容易，不能就这样白浪费了，在外面随随便便一份工作就要比在家种地要强得多。等我在外面出息了，不也就给你长脸了吗？"但我爸完全听不进去我所说的话，他怕我逃婚，让我表妹时时刻刻看着我，就连去趟厕所也要跟着。

我焦头烂额地想着办法，最后决定采取怀柔策略，跟我爸说："爸，你先让我考研，如果考上了我就去上学，如果考不上，我就老老实实回来嫁人。"我还跟他分析了每年考研的录取率其实并不高，我也不一定能考上，但是上了四年学，至少让我试着考一考吧。

也许是知道我平时在学校的成绩一般，我爸沉默了片刻，也就默认了。我当时心里一阵窃喜，觉得自己有机会冲出这命运的牢笼了。

于是，那半年时间里，我在学校里拼命复习，每天都看书到后半夜，上厕所，走路，吃饭，甚至睡觉的时候，我都在看书。准备考研的这段时间对我来说是一种甜蜜的煎熬，我只有一个念想，就是一定要考上研究生。但是天不遂人愿，因为前一天仍然复习到很晚，考试当天，我竟然睡过头了，跑到考场的时候已经开考快半个小时了，最终我没有答完卷子就结束了第一场的考试。不用等成绩出来，我已经知道了最后的结果。

灰头土脸地回到家里，看到一家人喜气洋洋地在讨论我的婚事时，我简直就想上前把桌子给掀了，但是我忍住了，只拿了瓶白酒，把自己关在屋子里灌了个半醉。那年过年，我哪里也没去，也没脸去走亲戚串门，更不想看到那些人充满嘲笑的眼神。爸妈为了照顾我的心情，也就没怎么跟我再聊有关结婚的事情，因为他们认为这件事早已板上钉钉了，剩下的只是时间的问题。

可是，表妹却在年夜饭桌上故意提起这件事情："姐，你也别难过了，上不了学有啥的，还不是早晚得嫁人。再说村长外甥那门亲事，多少人都想攀呢，我看也挺好的呀……"

我当时心气就不顺，还没等她说完直接回了句："你看挺好，那你嫁吧！"

舅妈脸色当即就变了，又讽刺我："怎么，大学生说话不算话了，当初是谁说考不上就心甘情愿嫁过去的？"

表妹又接话说："对呀，我觉得姐就是和这门亲事有缘，不然怎么连隔壁挂了好几科的建国都考上了研究生，姐这么努力却没考上呢？这都是天意呢！"

还没等一桌人反应过来，我冲到厨房里拿着菜刀就冲到了表妹面前，吓得所有人脸色苍白。我当时完全丧失理智，拿着菜刀就要和表妹拼命。我爸一气之下，拿起皮带就使劲抽在我身上，抽得我满地打滚。而在场的所有人，包括我妈，没有一个上来劝阻的，都冷眼看着我身上被抽出一道又一道血印子。

那一刻，我恨极了所有人，尤其是舅妈一家，我怀疑他们就是专门趁此机会来羞辱我的。我也恨父母从来没有真正了解过我的想法，从来不在乎我想要的生活是什么样。

那天晚上，我自己躺在房间里，看着黑洞洞的天花板，动了轻生的念头。我拖着满是伤痕的身体，下床找了把小刀，然后又找了瓶67

度的白酒。怕死得太疼了，也怕自己退缩了，就一口气灌了小半瓶下去，迷迷糊糊中，我用刀片在我的手腕上划了一刀。

不知道是因为喝得太多，还是血流得太快了，以至于我觉得整个瞬间轻飘飘的。我最后的一个念头就是：一切都解脱了，真好。

谁知道第二天傍晚，我睁开了眼睛，眼前还是熟悉的一切，我再一看手腕，那道伤口竟然已经结痂了。原来是我醉酒没有力气，划的那刀比较轻。我不自觉地轻笑出声，守在我身边的父亲一脸严肃。我心想，这下满意了吧，连老天都帮你，不让我死。

万万没想到，一个星期后，男方主动要退婚，理由是不想娶一个发疯的女人。我也算是因祸得福，只是清醒过来后，看着手腕上那道惨不忍睹的伤疤，还是会懊恼，自己当时怎么这么傻，为了这些不值得的人和不值得的事，竟然想要放弃自己的生命，还留下了一道丑陋的伤疤。

我决定重新开始，再次参加研究生考试。这一次，我以第一名的好成绩考上了理想中的专业。我一边上学一边实习，毕业后进入了一家大公司。

那次自杀事件就像我人生的分水岭一样，之后的一切都看起来顺风顺水，但只是我清楚，没有人的一生是一帆风顺的，其中的坎坷都只能冷暖自知。但是有过生死的经历后，对我而言，所有的苦都不算什么了。没有什么能阻挡一个人向生的勇气。那些不能摧毁你的，必将使你更强大。

43

我们家的混乱程度是人人皆知的。街坊邻居看到我们家的人都绕道而行，好像生怕招惹上什么不干净的东西似的。不过，事实确实如此。

三天一小吵，五天一大闹，是我们一家人的生活常态。我经常放学回家，刚走到楼下，就能看到铁盆铜锅之类的东西从天而降，令人难堪的辱骂声随之而来，充斥着整个单元。每天我都在邻居的窃窃私语声和鄙夷的眼神中回到那个如战场般惨烈的家里。

我爸嗜赌成性，不仅输了不少钱，还四处惹事，吃了不少官司，把家里所有的积蓄都赔了进去。之后，我们一家人就一直在借钱还债中艰难度日。但是这点剧情怎么能够撑起一整场闹剧呢?

有天中午我放学回家，打开门后，听到爸妈的房间里有动静，但妈妈中午一般都会在店铺里看店，我爸也应该外面瞎逛。于是我小心翼翼地靠近，听到我爸和楼下买水果的张姨在床上调笑。我当时心跳疯狂加速，捂着自己的嘴夺命似的跑到妈妈的店铺里。

当我看到我妈正在辛苦地搬着一个沉重的货箱时，眼泪不由自主地涌了出来，我冲过去死死地抱住她哭个不停，什么话也没说。但是不是我不说，这件事情就不会被揭发。

终于，我爸的事情暴露了，我妈痛不欲生，躲到店里整整哭了两天两夜。第三天，她整理好心情回到家时，却发现放在桌子上的离婚协议，还有堂而皇之坐在客厅沙发上相拥在一起的两个人。那天妈妈简单地收拾好行李之后，拉着我，搬到了她的小店里住。

那年过年回姥姥家，姥姥问我爸怎么没来，我妈说我爸去了奶奶家，所以就我们两个人过来了。看着妈妈勉强的笑脸，我不敢跟家里人说他们已经离婚了，也不忍心将父亲在外面有了别的女人这件事情公布于众。我不是觉得丢人，只是心疼我妈。

但是我妈却还深爱着我爸，他们离婚后她总是让我以各种事情去找我爸。有一次，我把我妈蒸好的馒头拿去给他，我妈说："你爸最喜欢我蒸的馒头了。"让我一定要送到。我虽然极不情愿，但还是硬着头皮去了。

刚走到小区附近，就遇上了张姨。张姨看到我就一脸嫌弃的表情，看着我手里捧着的馒头，走上前来就一把把我手中的蒸锅掀翻了，雪白的馒头滚落在地上，成了一个个脏兮兮的黑球。我当时就冲上前去推了她一把，质问道："你凭什么把我妈辛苦蒸的馒头扔到地上，你赔我！你赔我！"我紧紧地扯着她的衣服，不依不饶，要她给我一个说法。

就在我们两个人撕扯的时候，我突然觉得有人抓住我的肩膀向后拉，我还没有反应过来是怎么回事，整个人已经狠狠地摔在了地上，后脑上磕在了地上，眼前直冒金星。等我定睛一看，正在查看张姨有没有受伤的，就是我那看起来贱兮兮的父亲。我当时心寒到极点，我永远记得他回头看我时的眼神，丝毫没有怜惜，是痛恨的眼神，他狠狠地把地上的馒头踩了个稀巴烂，最后对我低吼一声"滚"，然后就赔着笑脸扶着那个女人上了楼。

我委屈着跑回了家，跪在地上哭喊着求妈妈："不要让我再去找他了，他不值得我们这样对他，我们不要再跟那个人有任何联系了好不好？好不好？"妈妈看到我身上的擦伤就知道是怎么回事了，她什么都没有说，只是抱着我一起放声痛哭。

因为知道妈妈不容易，所以我读书很努力，中考的时候我争气地考上了省重点高中，帮妈妈省下了几万元赞助费。

高二的时候，我却和我们班一个男生好上了，不小心怀孕了。当时，我们两个人年纪小，都慌了手脚。我想要把孩子生下来，他却把这件事情告诉了家里人。后来我妈知道后，把我强行带回了家，打掉了孩子。

我被关在家里整整两个月。我妈每天抱着我哭，那段时间很无望，想过无数种死法，割腕，跳楼，撞车，但每次都被人拦了下来，只受了一些轻微的小伤。

那天，找我爸要债的人突然又找上我们家，我妈跪在地上求他们的时候，我才反应过来，如果我不振作起来的话，我妈一个人如何应对？我也不知道哪儿来的劲儿，把那一帮人都推到了门外，大喊着："你们有本事去找那个人啊，我们和那人一点关系也没有了，以后别来惹事儿，再来我们报警了！"

生活渐渐地变得平静了许多，直到一年后，狗血剧情再度上演。那年张姨因为我爸赌博天天被人追债，忍受不了，一夜之间卷了家里所有值钱的东西离开了，再也没有出现过。我爸这时又跑来找我妈忏悔，声情并茂地讲述自己这次是多么真心实意地悔过，说他再也不在外面乱搞了。

我和我妈都知道我爸为什么复婚，就是想让我们帮他偿还他欠下的巨额债务。我曾痛心疾首地跟我妈说过这件事情，甚至不惜再次以死威胁她，但是我可怜的母亲终究还是因为爱而变得心软，在我高考那年，他们又复婚了。

我们一家人又过上了拼命还债的日子。那时我已经考上了大学，去了外地，平时不能经常回家。但每次回来，还是会碰到他们吵架。

看着日渐苍老的母亲，我想能帮她脱离苦海的人就只有我了。于是我在大学里拼命地学习，争取奖学金，拼命地打工替家里分担一些。

可前不久，我妈告诉我，我爸可能得了艾滋病。我这才知道，原来爸妈复婚后，爸爸还是死性不改，在外面拈花惹草，染上了这令人羞耻的疾病。我回家和我妈商量后，决定带我爸去做全面检查，确诊是不是真的艾滋病，但是我爸却觉得丢人，一直拖着，躲在家里不肯出门。

我当时就气得指着他喊："要不是你自作孽，能惹上这样的病吗？现在还要连累我和我妈一起和你受罪，我们到底做错什么了？这辈子要这么被你折磨到死啊！"然后我摔门冲了出去。

一路上所有人看我的眼神，都像看到瘟神一样，我觉得我快要被它们淹没了，我想要逃，逃离这该死的宿命，但我不知道前路到底在何方，只能在迷茫的黑暗中继续走下去。

人生有些事不能想，一想就流泪。林肯曾说过："我成功过，我失败过，但我从未放弃过。人生很多时候都是如此，将最糟糕最痛苦的阶段熬过去了，也就没有什么苦难不可战胜。"

44

对于他，我真正做到了全心全意、毫无保留。

他的亲戚进医院，我帮他到处筹医药费；

他信用卡欠债没钱还，我预支工资给他还，他所有的生活开销也是我出；

他在外跟别的女人暧昧，只要说一句只喜欢我，我就原谅；

有了孩子的时候，他正在跟别的女人旅游。

我死了心，打算彻底分手。结果，他把他妈妈找过来整天看着我。最后，我流产了，工作也丢了，欠了巨额债务。无奈，我只好回家找父母。走的时候，他不让我带东西，说会寄给我。于是，我带着两套衣服和狗回家了。

三个月后，他和别的女人结婚了，有了孩子。我的东西有用的留着用，没用的全部扔掉了；欠我的钱，他也不承认了。最后，他直接把我拉黑。

到现在，我记忆中印象最深的事情是——他跟朋友吃饭喝酒，我找不到人，怕他醉倒在马路边，就在家附近一条条路找他，从半夜 11 点一直到凌晨 4 点。

为了他，我失去了最好的朋友，负债累累，身体也受到了伤害，还让家里的人对我无比失望，两年都没挽回形象。他是我最爱也是最恨的人。

真正地爱一个人，真的很疯狂！你会变成傻子、瞎子和聋子，眼里心里只有那么一个人。所以，一定要远离渣男，不要以为他会被你的爱所融化，情愿死在爱的幻象里，也不愿痛苦地清醒着。

45

刚上大学的时候，家里遭遇变故，为了生计，也为了供我上大学，父母不得不到县城找事做。因为没技术也没资金，只能骑三轮车拉客。

大一寒假回家，爸爸因为风湿病很严重，我就替他开三轮车。上车三元，当时没有出租车竞争，一天也能挣个八九十元。

当时的我脸皮很薄，怕被同学朋友认出来，就戴上了一顶毡帽，围上围巾。这样，基本没人能认出我。

有一天，上来两个客人，要去交通街。其中一个我一眼就认出来了，是我的高中同学。他没认出我。一路上，我的内心在激烈斗争，相认还是不相认。等快到了目的地，我终于下定决心了，我凭劳动赚钱，不偷不抢，有什么见不得人的。

到了目的地的时候，我和他打招呼：“去交通街买年货吗？”

他吃了一惊：“你怎么干这个了？”

我淡定地说：“体验生活。老同学，这次不收你钱！”

然而，接下来的一单生意，则让我深受打击。

我拉上一个阿姨，乍一看有点眼熟，想了半天才想起来，她是我一位女同学的妈妈。后来，她也认出我了。我坚持不收她钱，她坚持要给我钱。最终，我还是没收。

后来，我把三轮车停在一个没人的角落，默默地流泪。因为，她是我初恋女友的妈妈。这件事情，我一直都记得。年少的时候，我们对于苦难并不敏感，却始终留有一个柔软脆弱的角落，不能被触碰和曝光。

Chapter 2

荒烟蔓草的年代，我们还不懂爱情

01

我们是初中同学，当时是铁哥们儿，但毕业一直到工作，有七年的时间一直联络不上，同学聚会的时候才重逢。

后来，我们通了电话。

我：怎么办？我失业了，你那公司招人吗？

他：招啊。

我：真的？做什么呢？工资多少啊？

他：什么都要做，工资两千多，不用怕，我来面试你。

我：你是负责招聘的吗？要什么经验啊？工作时间呢？

他：对啊，不需要什么经验，你学英文的最合适了，工作时间也很自由。

我：不会是做什么见不得光的事情吧？

他：当然不是啦！你当我什么人啊！还会帮你买保险的。

我：这么好啊！那你不可以请别人啊！我明天就过去面试！

他：放心，我绝对不会请别人的，明天要去哪面试？

我：不是要去公司的吗？

他：不用去公司面试了，找个咖啡厅吧。

我：那去车站那个麦当劳。

他：好，几点？

我：上午 10 点怎么样？

他：好。

第二天，我就带着简历穿着正装，提早了十几分钟到了麦当劳。结果，他比我还来得早。

我：开始面试吧。

他：好。

然后他把戒指拿了出来，说：愿意做我老婆吗？

我当场就傻了，说不出话来。接着，我一边流泪，一边拼命点头。

02

我们一直做朋友，从来没有把爱说出口。一直很想告诉她："我愿意为你做其他人不可能做的事。"

后来毕业了，我们离得很远，关系越来越淡。想说的话，都找身边的朋友倾诉完了。今年生日，她忽然找我要手机号，当时我刚换了手机号码，朦胧之间就给错了，自己也没发现。当天晚上，我才知道，她找了很多人给那个手机号码里发了"我爱你，生日快乐"的短信。

当时，我就苦笑，或许真的是没有缘分。

喜欢她的时候，她笑眼如月，短发齐肩；如今，她已长发及腰，脸上却充满了世故气息。如今想来，不禁惋惜。

03

高一那年的大年三十晚上，天空还下着雨，我独自踩着自行车沿着他描述的方向找到了他家，从铁门的缝隙里钻进去了，只为了透过窗户看他一眼。

后来，因为大学异地，我们分开了。我曾经平安夜赶到上海，躲在他的衣柜里，只为了等他回来说一句“平安夜快乐”。

再后来，他单着的时候我恋爱，我单着的时候他恋爱，始终没有等到彼此都处于空窗期。他说，等我们都单着了就在一起。

一晃十年，我们已经过了任意辜负的年纪。如今，我们都已经各自结婚了，永远不可能在一起了。

04

我们相遇在大一，在同乡聚会上认识的。巧合的是，我们还是同一个学院的。

当年不懂爱情，以为课后带她去吃特别好吃的小吃，一起去骑自行车去郊游，两个人在钢琴教室弹同一首曲子，就是恋爱。就这年一直到了大四，我想如果再不说出那句话，就来不及了。我向她表白，她拒绝了。

如今，我们都毕业了，回到了我们共同的城市，但是只是偶尔联系，很少见面。一天晚上，我路过她家楼下，本来想买一杯她最喜欢的抹茶咖啡，上去找她。结果，纠结了半天，还是只买了一包烟。坐在马路牙子上，我抽完了这包烟，然后回家。

走在冬天的冷风中，我的泪肆意流下。我知道，我没那么爱她了。如今，完全不敢听《走在冷风中》这首歌。

05

当时，很喜欢半夜和他一起聊 QQ。我和他是邻桌。他嘴很贱，总是欺负我，我自然也不会对他客气。后来，我们慢慢成了同学们开玩笑的对象，见面不敢说话，只敢在 QQ 上瞎聊。彼此多少有点儿暧昧，但又爱逞强，死不承认。

一天晚上，他突然说：如果你不这么凶，早就是我老婆了。

我：啊？

他又说了一遍：如果你不这么凶，早就是我老婆了。

我：你还好吧？

没多久，他说：跟我交往吧。

我：……

然后，他厚着脸皮一句一个“老婆”叫得亲热。我稀里糊涂就被他骗到手了。

我们是初恋 ，也是真爱。 再也找不到像他这么爱我的人，再也找不到他给我的感觉，再也找不到爱。

2011 年 4 月 26 号，我和他相距 1 米。

2014 年 9 月 13 号，我和他相距 3000 公里。

交往了三年，敌不过异地。我提出了分手，他没有迟疑地说好。

爱情没有那么长的腿，跑不了那么长的路。它终于死在了路上。

至今，我们仍是陌生人。

06

高中时，我的同桌是一个安静漂亮的姑娘，她很喜欢我，当时全班人都知道，只有我呆头呆脑，完全不知情。也许是当时的我不太在意感情，一门心思扑在篮球上，全然未觉每次打球时，总有一道炽热的目光追随着我。

她那时唯一的爱好就是看我打篮球。

我当时非常喜欢科比，喜欢德国队，大部分时间和她聊得也都是关于篮球的事情，我不厌其烦地对她讲着科比的光辉事迹。她虽然听不懂，但是还是很耐心地听我自说自话，然后朝我微笑。

一直到高三毕业那一天，临走的时候，她送了我一个护腕，还在上面亲手缝上了我的名字。我非常意外，但因为没有准备什么毕业礼物，所以就顺手送给了她一张科比打篮球的明信片。她收到后特别开心，因为这是我们认识以来我第一次送给她东西。虽然只是一张简单的明信片，但对于她而言，也是非常宝贵的。

毕业后，我们就失去了联系，我也只有在看 NBA 球赛的时候才会想起，当年有那么个女孩愿意听我讲那些关于篮球的点点滴滴。

后来，有一次过年回家，我闲来无事，就去当年打球的球场逛了逛。看到一帮小男孩在打篮球，于是主动加入他们打了一场篮球。中场休息的时候，我旁边坐着的小男孩技术非常好，他的动作让我觉得特别熟悉，于是就主动和他攀谈起来。

我问他："你打球这么好，是不是经常练习啊？"

小男孩摇摇头说："也不怎么打，我爸不喜欢我打球，说打球没用，还不如在家多看会儿书，但我还是很喜欢打篮球。"

"那你喜欢哪个球员？"

"科比！"小男孩的眼睛瞬间就亮了起来，接着骄傲地说："我妈有一张高中同学送给她的科比的明信片，她说科比是最好的球员，妈妈说我也一定能成为和科比一样棒的球员！"

我当时心里一顿，瞬间明白了一切。我笑着摸着那个小男孩的头，说："对！你妈妈说得对！你一定可以的！"

回家的路上，我的心情突然变得格外舒畅。也许我们注定会错过一些人，不会再有交集，不可再擦肩回眸，但是岁月永远带不走心中那些美好的曾经。

07

大学时，为了让她走出自习室，我挨个教室通知“明天考试，现在要贴名单，请大家提前下晚自习”，把一层楼的人请出了教室。她正要离开的时候，我叫住了她，如愿以偿地和她聊了十分钟。现在想来，还是充满温情。虽然有缘无分，但还是祝她一生平安喜乐。

08

我们大一的时候就在一起了。大学四年，忍受了他去看前女友；他玩游戏逃课，我帮他写了四年作业，还有毕业设计；他寂寞的时候，玩赌博机输了很多钱，最落魄的时候两天才吃了一顿饭，我的钱全部被借光；他和不同的女生搞暧昧，人生规划里从来也没有我的未来。最后，他醒悟了，也开始变好了，但我选择了离开。

我在他最糟糕的时候不离不弃，却在他最好的年华里离开，这是我此生再不会有的疯狂。 感谢四年乱七八糟的青春年少，让现在的我找到了平淡的幸福。

在感情里，每个人的接受度都是有额度的，用完了，就没有了。

09

从网上认识然后见面，确定关系不过三个月的时间，在一起一个月后，他就消失了，怎么也联系不上。我念念不忘，一直给他QQ留言，终于一年后有了回复。一个很平常的夜晚，我的手机收到一条短信："丫头，是我。"我的眼泪就下来了。

一周之后他回到我们曾经的城市看我。待了一周，然后回了老家。之后，我们一直电话联系。某一天，他说："你过来吧，我养你！"我就辞职去了他老家。现在，我们的女儿九个多月……

10

2008年，我考上了北京的大学，他在家里上大学。2009年，他离开学校离开家，来到我上学的城市找我。学校通知他再不回去就开除他学籍，他没回去，继续在北京陪我，继续找工作，因为没有文凭他处处碰壁。2013年，我大学毕业，他的工作稳步上升。我们领证了。2014年，我们在西藏举行了婚礼。2015年，我们在北京生活工作着，爱在继续……

在我看来，最深沉的爱就是陪伴。

11

我们异地恋四年。每次去见她的时候，我都事先把回去的票买好。见面之后，又要面临分别。去车站之前的心情就像等待行刑之前一样焦灼。我们总是表现出很正常的样子，尽管知道下次见面的日子遥遥无期。那次，她把我送上去车站的公交车，我们装作淡定，微笑着挥手告别。

车门关上之后，我的手机响了，“honey，honey，要对你说声对不起，我总是没时间陪你……”。我接起电话，她哭了，一句话也不说。我在下一站跳下了车，一边往回狂奔一边把回程车票撕碎——去他的火车，去他的明天周一。我现在只想尽快见到她，哪怕只见一分钟。

如今，我们已经分开。曾经，我们那么幸福，如今却只能回忆。一想到这件事，我就想流泪。不过，我却从来没后悔过。感谢那个勇敢的自己。

12

他大二刚入学就去当兵了。那时我们刚好上不到一个月，因为不在同一个城市上学，所以也没见过几面。走之前他却把他所有的社交软件的账号密码都告诉了我，让我帮他上着，回复一些朋友的留言。

他被分到新疆那边去当武警。那个时候新疆暴乱很严重，我每天都提心吊胆的，经常失眠。刚入伍的新兵打电话实在不方便，所以我们约定好要写信给对方。结果距离实在太远了，部队管得又严，第一年我只收到他寄来的一封信。

生活委员把信交给我的时候打趣说："怎么这么厚啊，是写信啊还是写书啊。"

拿着信，我就哭了。之后我就再也没有他的任何消息了。我就抱着那一封写了二十多页的信守了一年多。

后来，有一天我正在上公共选修课，手机突然响起来，当时我就有一种预感，一定是他。我也没顾得上跟老师打个报告，站起来直接就跑到教室外面接电话。

我俩各自"喂"了一声竟然谁也不知道该说什么，只听电话那边应该是他的战友催促道:"赶紧说话啊，一个人只有十分钟的通话时间，别拿着电话傻站着。"

然后，他突然开口说："你还在等我吗？"

13

刚上高一，学校要组织板报评比。因为我学过画画，老师就让我负责。然后他自己跑去跟老师说他也要参加。

于是那一阵子我们两个人经常放学留下设计板报内容。

有一天，我正在画设计稿，他突然凑过来，趴在我边上，望着我，问：“你知道六月是什么季节吗？”

我看着他一头雾水。

然后他笑起来，露出两颗小虎牙，特别温柔地对我说：“六月是恋爱的季节。”

那一刻我的心狂跳，却没有说一句话。

我一辈子也忘不了那个画面——阳光正好，爱我的少年，还有过错的爱恋。

14

他是我大学话剧社团的学长。社团招新的时候，他高大帅气，特别显眼，我就是为了他报了名。

他组织活动我都特别积极地参与，他也总是有意无意地照顾我。外出演出坐大巴的时候他总会坐在我旁边，排练的时候他也经常跟我一起对台词，点餐的时候会记得我不吃葱姜蒜……

每天回到宿舍就犯花痴，不停地跟舍友说有多喜欢他，但就是不敢表白。后来过了好长一段时间，我室友实在是受不了了，偷偷地给他打了电话，告诉他我喜欢他。

第二天，社团去登山，上山前，为了要照顾女生的速度，要一男一女分组。他转身看了看我，特别自然地拉起我的手说：“我自己的女朋友，我自己照顾就行了。”然后，我就晕头转向地被他拉了一路。

15

分手三年，同学聚会再见面。我已经订婚，他还单身。

不经意看见他脖子上的链子是我大三的时候送他的生日礼物。当时他特别嫌弃，一直不肯带。

回家的路上，只觉得自己走得太快，他爱得太慢。

16

他是我朋友的朋友。聚会的时候经常碰见，但也没有过什么交流。

有一天突然收到一个陌生号码发来的短信，内容就是些心灵鸡汤类的东西。我以为是什么广告软文的推广，就没有留意。

后来这个号码隔一天就给我发一条短信。我就觉得莫名其妙，跟朋友说了这个事情，朋友一看手机号码，说是他的。然后就打电话问他到底想干什么。

他说里面有想对我说的话。

我再去看那几条短信发现每句话第一个字连起来就是："我可不可以追你？"

我们在一起三年后，还是分开了，做回了好朋友。说起这件事的时候，他还是很不好意思，说当时为了发这几条短信，自己犹豫了好久，既怕我看出来了，又怕我一直不明白。

17

有一次和喜欢的女孩一起出去旅行。当时我们两个人彼此都有好感，只是没捅破那层关系。

半夜的时候，她跑过来跟我说她那个房间的空调是坏的，大热天的要热死她了。

然后，我和她换了房间……

如今回想起来，只有泪成行……

18

那时，他爷爷家没有电话，打公用电话又没有钱。于是，他就想了一个办法，我们约好时间，每天晚上 9 点半整，他就会在一个公用电话亭等我电话。他把那个电话号码记了下来，告诉了我。

于是，每天晚上他在大马路边上一站就是 3 个多小时，一直陪我聊到 12 点多。

有一次，我想提前打一个试试，就在 9 点的时候打了个电话。当时我就抱着肯定没人接的心态打的，没想到……电话响了不到两声，电话那头就传来了他等待的声音。

原来，他早就到了，一直在等我……

19

他追了我三年，对他动心只因为一个小细节。

一天，我和一群朋友去蹦迪。回来的时候很晚了。他喝了不少，上了出租车就睡了。车过长江二桥时，风很大，可他那边的车窗却大敞着，把我冷得不行。可我也不好越过他关窗，因为那样会贴着他。

结果，他闭着眼睛，抬手用手背触了下我的胳膊，感觉到我胳膊凉凉的，就把车窗摇上去了。

这事他自己都忘了，可是就是因为这个细节，我就上了他的贼船。

20

我和他家教都很严格，早恋是我们的父母绝对不会允许的事情，尤其是在这么特殊的时期，但是高三时，我们还是相爱了！

那时所有人都在没日没夜地埋头苦学，我们也不例外。然而学校里能在一起的时间少之又少，所以我们每个周日都会去市图书馆的自习室，一是那里学习气氛很好，二是我们有了光明正大的理由见面。

但是摆在我们面前的还有一个问题，就是吃饭。因为我们两个都是不怎么有零花钱的人，都是要买什么或要做什么的时候才跟父母要钱，所以中午在外面吃饭就成了问题。怕父母反对我们去图书馆，我们也不敢多要钱，每次就要 20 元钱，包括车费和饭费。

每次去图书馆的时候，他都会从家里带些面包、饼干、牛奶之类的东西给我当早餐。中午我们就去旁边的拉面馆吃面，一碗面十块钱。他怕我营养不够，总会再花两块钱给我加个茶叶蛋。我也担心他一个大男生吃一碗面不够，每次都装作吃不完，留一半面给他吃，有的时候我也会把茶叶蛋让给他吃，但他却从来都舍不得，硬要留给我。

我记得最清楚的一次，那次我们两个人带出来的钱都有点少，中午吃完面后就剩了不到六块钱。回图书馆的路上，看到路边在卖我最喜欢吃的烤地瓜，于是他又用剩下的钱给我买了一个。

那天图书馆暖气开得不足，有点冷，下午3点多，他对我说："把地瓜吃了吧，可以暖和点。"

我说："你也吃点吧。"

他说："我不冷也不想吃。你吃。"

于是，我在他的逼迫下把那个地瓜都吃了下去。

等到天快要黑了，他突然转过头来跟我说："咱们回家吧？"

我当时就很奇怪，通常我们都会在图书馆待到晚上八点左右才走，今天为什么他突然要走这么早呢？

我问他，他支支吾吾不愿说，我就假装生气，他才不好意思地跟我说："我就是觉得特别饿……"

我听完后又生气又心疼地说他："那我刚才让你吃地瓜，你怎么不吃呢？叫你吃你又不吃，现在又饿了……"

然后他沉默了几秒，一脸认真地看着我，说了一句我这辈子都忘不了的话。他说："如果我吃了这个地瓜，那么这会儿挨饿的人就是你了。我心疼，不想你饿着。"

我当时眼泪就流了下来。我想起曾经看过的一句话：爱情是什么？

就是在只剩一碗饭的时候留给对方吃!

后来,我们一起考上了同一所大学,今年毕业,已经见过双方家长,决定毕业就结婚。

我知道,遇上他,是我这一生最幸运的事情。

21

同学聚会上,大家调侃起上学时的事情——我总是一下课就跑去找我们班学习委员请教问题。

当时,我借着酒劲儿问她:“你当时就不明白,我为什么总是找你吗?”

她平静地看了我一眼,默默地说:“你没想过,为什么每次你问问题,我都在座位上吗?”

22

他喜欢喝汤,从没下过厨的我就学着煲汤给他喝,第一次,很难喝,他还是一口接一口地喝了个精光。

他喜欢吃鱼,尤其是清蒸鱼,经常带我去他喜欢的饭店吃。后来我又试着给他做了一次,盐放多了,特别咸。那个时候我们两个人都在准备考研，时间特别紧张，他一边吃鱼一边骂我浪费时间，但是骂完了，鱼也吃完了，一点也没剩下，也直说好吃。

他的耳朵经常发炎，需要涂药才能好，我买了好多药膏给他，他不要，非要每天我去找他给他涂药才肯用。

他用坏了的手表，我们写过的纸条，他看过的雅思书……我都收在一个箱子里。他的照片我也存在电脑上一个特定的文件夹里，而且还特意刻了一张光盘保存。

我还记得他唯一一次对我凶，是因为一天下大雪，我特别想见他，他当时在准备考试。于是我就跑到他宿舍楼下大喊他的名字。他听见后打电话给我，说我发神经，让我赶紧回去。

我说："我就是发神经，想你了，你下来。"

他又劝我，说他不会下来。

我赌气，就在大雪里站了两个小时，整个人冻成了冰棍。

他一看我这么倔，也生气了，说他要是下来的话就跟我姓。

我特别伤心，哭着回了宿舍。

然后，我们三四天都没有联系，直到他考完试，他捧着一大束玫瑰跑到我楼下，喊我的名字，求我原谅他。我当时心里又气又甜蜜，让他也足足站够了两个小时才跑了下去。

只是这一切都即将过去了，马上要毕业了，他最后选择了出国。出国前，他抓紧一切时间带我去我们曾经约定好要一起去的地方，我们去了云南，去了青海，去了九寨沟……直到旅行最后一天我们回到学校，第二天他就要回家准备后天出国。

他送我回到宿舍楼下，依依不舍，然后说："我们再逛一圈吧，你那么喜欢散步，就让我再陪你走一圈。"

我说：“其实我只是喜欢和你一起走走聊聊，感觉有说不完的话似的。也不知道再见面是什么时候了。”

我们两个人都沉默着走了最后一圈。

回到宿舍后，我在被窝里哭着发了一条短信：“一路平安。”

他回：“等我回来。”

23

大学的时候喜欢一个女孩，两个人从朋友做起，兴趣志向都很相像，非常聊得来。

渐渐地，我们之间的关系变得比较暧昧，我觉得应该找个适当的时机向她表白了。

但是，当时正好有另外一个男生向她表白。她二话没说就拒绝了，十分干脆。我当时就站在她的身边，心里面突然怂了，觉得自己表白的下场应该和那个男生一样，就打消了近期表白的念头。

之后，我们俩依然每天聊天，一起吃饭，周末她逛街的时候也会叫上我，我也乐意去做劳力。周围的朋友都以为我们已经在一起了，但是其实我们谁也没捅破那层窗户纸。

十一假期，大家一起去旅行，我觉得时间和机会都比较合适，于是决定旅行期间向她表白。出乎所有人意料的是，她的闺蜜竟然说喜欢我，还是当着她的面。我当时脸都绿了，也不知道该说什么，怕说话重了伤了女孩子的心，就应付地说，自己暂时还没有找女朋友的打算。这件事才算过去。

但是，自从那次旅行之后，我们之间的联系就变得很少了，几乎不怎么见面。

过了很久之后，我们偶然遇到，聊起这件事的时候，她说：“我那个时候很喜欢你，不然我干吗故意当着你的面拒绝人家。而且，我看你一直不说出口，旅行的时候就想主动跟你表白算了。结果……你却说你不想找女朋友。”

如今想起来，只能感慨当年太幼稚无知，以至于错失所爱。

24

我上大学的时候，他去了国外读书。

中秋节我回老家忘记跟他说了。老家信号不好，上不了 QQ，祸不单行的是我又忘了带充电器，手机没电了两三天。

刚进大院，就看他站在我家楼下。我当时以为我想他想得出现幻觉了。然后他看到我，直接冲上来一把把我拉进怀里，紧紧抱住，声音颤抖着说：“你吓死我了，怎么也联系不上你，找你朋友也联系不上你，急死我了，还以为你怎么了，吓坏我了……吓坏我了……”

当时他人在墨西哥，花了 30 多个小时的时间才回来，然后就一直守在我家楼下等我。

25

那次我正在英语角背书，一个留学生跑过来跟我搭讪，要我的手机号码。我说：“不好意思啊，我们好像并不认识吧。”

留学生好像没明白我的意思，还是不死心，一直缠着我。

我正不知道如何是好时，他不知道从哪里冒出来，一把把人家的手机抢过来，一边输入一边说：“她电话我知道啊，我给你存进去哈。”

我当时气得直跳脚，去抢手机，他一直挡着我，还说：“那么小气干什么，不就是一个手机号嘛……”

我见抢不过他，骂了他一句“笨蛋”，转身就走。还没走几步，就又被他一把拉住，怎么也挣脱不开。我也不知道怎么回事，眼泪就流了出来。

他一看也我哭了，整个人也慌了，想要给我擦泪，但是又不敢伸手碰我的脸，赶紧跟我说：“你别哭啊，我刚才逗你玩呢，我给他的是我的手机号……”

我当时也不知道脑子里哪根筋打错了，竟然问了一句“你对他有意思吗”。

他听了之后，直接狠狠地弹了我脑门一下，说：“你傻不傻啊，我对他没意思，我对你有意思！”

26

班上有一个校草级别的男生,身高180,偏瘦,长得特别精致,又白,待人还特别温和。

我当时对特别招女生喜欢的男生其实没什么好感，觉得离得远远的最好，于是总刻意避免和他接触。

后来班级活动分组，我们分在了一起。相处后，我发现他并不是我想象中那种拈花惹草的人，虽然经常被各种各样的女生围绕，但是从来都不和任何一个搞暧昧。于是对他的成见少了许多。

我们俩都喜欢五月天，话题因此渐渐多了起来，于是两个人自然而然地总是走在一起。有的时候还会他还会约我去看演唱会，吃个饭什么的。

周围的朋友偷偷问我，我们俩是不是男女朋友，我说他怎么可能看得上我。说实话，说这话的时候我心里有点酸酸的。

一天我们吃晚饭在学校里遛弯，他问我：“你觉得咱俩现在什么关系？”

我愣了一下说：“朋友？”

他问：“什么朋友？”

我心一横，就说：“男朋友？”

于是他咧开嘴就笑了，我的心瞬间就好像漏了几拍似的，然后被他温柔地抱在怀里，听他好听的声音在我头顶上响起：“我还以为我追你这么久，你都不知道呢。”

整个人都快要化在他胸前了。

27

大学的时候，我一不小心怀孕了，但是我和男朋友都是学生，只好打掉。男朋友不管不问，我只好到处借钱做了手术。那段时间，我连公交车都不舍得坐，去哪儿都是步行。室友说要一起去逛街或者去哪里玩，我都借故不去；班里组织的集体活动也不参加，因为怕花钱。

虽然身体极度缺乏营养，但是也不敢吃好的，只吃馒头和咸菜。总是一个人待着，怕别人发现自己的窘境，怕自己给别人带来麻烦。那一阵子，我整个人暴瘦，从 110 斤掉到 80 几斤，很吓人。

我用了整整四个月才把钱都还清，那阵子感觉自己就是活在地狱里。后来，男朋友又找我要钱，我实在受不来了，就告诉他："自从出事以后，你对我做过什么，你照顾我一分一毫了吗？手术费你出过一毛钱吗？"他说我是钻进钱眼儿里了，只认钱，根本不在乎我们之间的感情。

我对他简直失望到了极点，说不想再谈了，彼此都冷静一下吧。但他沉默了一会儿，竟然对我说："你怎么确定那个孩子就是我的？"

我万万没想到他会说出这样的话，原来我在他心里竟然是这么一个不堪的人。

之后，我们就再也没联系过了。回首往事，莫名心酸，就当是爱过一个人渣吧。但是，谁不曾为了一个人渣奋不顾身过？也许，所谓成长就是如此吧。痛了，你也就懂了。

28

大四快毕业的时候，我交了人生中第一个男朋友，是青梅竹马一起长大的小伙伴。

一开始，两个人没有因为关系突然转变感到有什么不适应，反而特别甜蜜，每天短信电话不断，一有时间就腻在一处。

可能是从小一起长大的缘故吧，对彼此各方面的事情都比较熟悉，所以感情很好，也很有默契。他告诉说，准备一毕业就跟家里坦白，然后我们订婚。

我逗他说："万一家里不同意怎么办？"

他笑我傻，说："咱们这关系家里怎么会不同意，我妈是看着你长大的，可喜欢你了，你又不是不知道？"

毕业后，有一天他突然跟我视频说分手，那一阵子我们因为点小事在闹矛盾，我以为他只是在气头上随便说说，就没在意也没理他。过了一个星期，他一直没跟我联系。我去找他，他什么都不说，就说要分手。

我当时特别难过，不知道为什么好好的两个人说分就要分了。最后，还是我们共同的朋友告诉我是因为他家里人不同意，他才要和我分开。我听完心就凉了，想想之前他说过的话，再看看现在他连努力争取一下都没有，就要放弃我们这段感情。

其实，爱情结束时就像突然断电一样，谁也无法预料，一眨眼就全黑了，在亮起来的时候，已经人走茶凉了。人生如戏，但千万不要做散场之后谢幕的那个人，那份寂寞和凄凉，一般人无法承受的。

29

在一起的时候，他对我是真的好，应该说是很宠我，很能包容我。每次吵架的时候我都会变得特别霸道不讲理，总会把他骂得一无是处，凭着他对我的喜欢变得无所顾忌。

我记得有一年冬天，我急性肠胃炎住院，他那段时间考试很忙就没来得及看我，我就在电话里对他发了一通脾气，说："不来以后就都不要来了。"

第二天，他就抱着自己亲自炖的排骨汤跑到医院来找我。他打电话给我，我使性子，就是不接，他就一直在楼下站着。我朋友看不下去了，去催他先走，他也不肯。最后没办法了，我下楼去见他，刚走到门口，他就冲上来一把抱住我，我能感觉到他整个人都被冻僵了。

那一瞬间我就觉得也许这辈子再也没人对我这么好了，再也不会有人能够这么忍受我的坏脾气了。

但是他家里条件不好，而我觉得男生只要有上进心就行，所以不顾家里人的劝阻执意要和他在一起。可是他却让我很失望。快毕业那阵子，我催他去找找工作，他只是说不着急再等等。我说不找工作先去实习也行，积累一点经验也是好的。他却嘴上应着，从来都不去做。

渐渐地，我觉得他不会为了我们的未来做打算，或者做任何的改变和努力。我们之间的关系就这样渐渐疏远了。

分手后，我的心情一直很差，跟他在一起的时候也没有觉得怎么样，但是分开之后却总是忍不住地想起他，想起他说的话，做过的事。也许习惯被爱的那个人，才是最不容易放下过去的吧。可惜我不能成为那个陪他一起成长的人，但我希望他能幸福。

30

现在想起我的初恋还是会情不自禁地笑出声来。虽然我们没有走到最后，但是那段甜蜜却是无可取代的。

我们在一起不到三年时间。遇到他之前我特别喜欢犬夜叉，也许是因为他的性格和长相和犬夜叉很像吧，我才会不自觉地想要靠近他。

他对我很好。每次例假来之前，他都会给我买生姜红糖，亲自冲泡好，看着我喝下去才放心。例假过去之后还会给我买牛奶和大枣，说是能补气血。我觉得他一个大男生怎么会知道这么多，问他他才说自己也是上网搜的，脸红得不得了。而且从来没有忘记过任何一次。

我喜欢吃羊肉，他受不了膻味，不爱吃，但是每次还是陪我去吃火锅，给我点一堆羊肉，自己却在一边涮菜吃，还吃得不亦乐乎。

有次我上自习的时候发了条状态说“很饿，想吃灌汤包”。结果中午的时候就看到他拎着一袋热气腾腾的包子站在我宿舍楼下等我。

我们经常一起出去玩，传说中的“开房”每次都会变成：他买一堆好吃的，然后我们两个人抱着各自的笔记本电脑，一起通宵打游戏。

他喜欢牵我的手，无论何时何地，只要走在一起他就会主动来牵我的手。哪怕是因为有人从我们之间经过，暂时会把手松开，他也会立刻把手伸向我，等着我去牵他的手。

分手那天，我第一次在他面前哭，因为我知道自己不会回头，但是又不忍心看到自己曾经深爱的大男孩伤心，于是冲出咖啡厅，自己蹲在马路边上大哭起来。

我还记得他对我说过的最后一句话：“如果你结婚，一定要给我发请帖，我一定会去参加你的婚礼，我一定要看看到底是谁赢了我。”

后来，我们再见面的时候，每一次都觉得格外亲切，就像亲人一样。

我们都知道，那段感情中，他对我的好，我对他的好，我们都受之无愧，也没有丝毫遗憾。全心为一个人付出过，才不枉这一生。

31

她是我的初恋。那段时间，我每天会提前去食堂买好早餐等她。有一天，我不是太饿，就只买了一份粥，放在我们经常坐的位置上，然后去帮她打饭。

结果我端着餐盘再回来的时候，看到她正在喝粥。刚想说话，她就一摔勺子冲着我嚷嚷：“你是不是想饿死我啊？”

我说：“没有啊，这粥是我自己喝的。我这不给你买饭了吗？”

她不信：“你骗人！我不信，你就是对我不好了！”说完就跑了。

我没追上她，打电话被她拉进了黑名单，上网留言也她不回复。后来我在她教室外堵到她，结果被告知我们已经分手了。

我当时就愣了，这应该是最无厘头的分手经历了吧。

和她在一起的半年时间，我为她掏心掏肺，全心全意对她好，得到的却是这么一个哭笑不得的结局。每当聊起初恋，别人都是一脸甜蜜，而我只有苦涩和心痛。

感谢你，毁了我对初恋的美好期望；

感谢你，让我明白，爱情来去无踪，捉摸不定，需要好好珍惜和把握；

感谢你离开我，我才能拥有现在的幸福。

32

高考完填志愿，我报了梦寐以求的北京的一所大学，他决定要出国留学。他问我要不要也去留学，我却直接拒绝了他。

我早就知道他会去国外读书，也曾经因为这件事情犹豫挣扎过，但是我还是无法放弃自己的梦想。

现在两年过去了，我一直都在后悔为什么当时不和他一起走。其实想想，有他在的地方才是我想要的生活，去哪里上学都是一样的。

我不懂为什么当时总觉得梦想和爱情不可兼得，实现梦想的机会屈指可数，而爱情则可以随用随取。现在，我真正地意识到，有些人一旦错过就不再。叶芝说，年轻时，我们彼此深爱，却一无所知。然而让我觉得更痛苦的是，错过以后，就再也找不到能让自己心动的人。多么痛的领悟！

劝君莫惜金缕衣，劝君惜取少年时。

花开堪折直须折，莫待无花空折枝。

33

人生如牌局，而上帝就是那个发牌的人。从出生开始，我就没有拿到过一张好牌。

年幼时，因为一起意外事故导致右眼失明，而且对整个面貌也有影响。

虽然上学时成绩十分优秀，但是高考的时候却因为身体原因，没有办法上自己理想的大学，去了一所普通的院校。

大学时遇到一个男生追求我，我当时心里很忐忑，也许是因为眼睛的原因，对一些事情会变得很敏感。我总觉得，怎么会有人喜欢上一个有残疾而且看起来一点也不好看的人。我只当他是开玩笑，也边没放在心上。当时他穷追不舍，一直默默地对我好，接我上下课，跟我一去打工，然后把我送回宿舍。说不感动，那是假的，我知道像我这种条件的人能有人这样对我已经是我修来的福气了。于是他再次表白的时候，我便答应了他。

我们在一起三年，彼此的感情很好，但是唯一让我觉得心里不舒服的是，我们的恋情一直没有公开，他说怕我压力大，所以才不告诉别人。于是，我才对这件事情一直沉默忍耐着。

直到大学快要毕业，我问他以后是怎么打算的，他说他家里人要让他出国，我问他，那我们之间怎么办，他却突然沉默了。直到他去了国外，他都没有给我一个明确的答复。

后来，我听说他在国外又重新找了一个女朋友，于是我打电话过去问他，我们两个人到底算什么，结果那个女生一把把电话抢过去，说我不仅眼瞎还不要脸，死缠着别人不放……她对我说了很多很难堪的话，我知道这些都是他告诉她的。

我们曾经的一切都被他当作和别人谈论的笑话，曾经我以为的美好原来在对方眼里竟然一文不值。我把自己关在房间里哭了整整一个晚上。

从出生到现在，我一直为这无法抹去的伤痛而不断斗争着。我被嘲笑过，被歧视过，被污辱过，被伤害过，我也哭过，绝望过，想要放弃过，但是我还是告诉自己，无论遇到什么样的坎坷都要勇敢地迈过去。

于是我重新振作，一鼓作气考上了公务员，有了一份稳定的工作。空闲的时候，我给杂志和报纸写稿子。生活开始向着我从未能预料的美好方向发展着。

很多时候，人能做的，是平静地接受命运，然后，微笑着活下去，活得更美好。爱自己，爱这不完美的人生，爱这千疮百孔的生活。

34

我的爱情是硬生生被我自己作死的。我承认我是爱折腾，哦，不，应该用“作”这个字更为贴切。

我还记得他成为我男朋友的那个夜晚，正值跨年夜，他当时在追我，于是约了我和几个朋友一起在小酒吧准备跨年。但是晚上他却告诉我们他被宿舍人拦下了，要和他们喝几杯才能赶过来。我当时火气腾地就上来了，心想这人怎么这么不靠谱啊，自己攒的局自己反而来不了。于是一直喝闷酒，直到23点59分。我想他肯定是来不了了，除了愤怒之外更多的是失望。

所有人都站起来倒计时，全场沸腾，我为了发泄心中的郁闷，也站起身来高喊着“5——4——3——2——1”，就在倒计时中变成00点00分的那一刻，一个人突然从背后一把把我抱住，我一转身，还没看清楚，他就把我紧紧抱在怀中，然后对我大声地说：“对不起，还好我跑得快，赶上了。新年快乐！”

盛开在天空中的烟火照亮了他的脸，他大汗淋漓，咧着嘴笑得特别开心。那一刻，我的心从来没有跳得那么快过，那是我一辈子见过的最好的表情。我想，烟花下面的我们，是这段爱情最好的时候。

我和他属于“唇枪舌剑”型的恋爱模式。我们两个人就像两个“极”一样，碰撞时充满火花，分开时又不禁被对方吸引。他脾气倔强，我个性好强，两个人在一起的时候总是你一言我一语，他可以因为我一句话气到三天都不吃饭，而我可以一句话让他在所有人面前颜面尽失咬舌自尽。

我就是这样一个极其强势的女生，或者说是极度缺乏安全感的女生。在一段感情中，我一定要做占有绝对优势的一方，眼里容不下对方丝毫的质疑或是反对。

而他是个简单木讷的男生，生气归生气，但无论我们之间有什么样的矛盾，最后都是他主动低头找我和好。

有次分手和好后，他半开玩笑地对我说：“这几天我们分开，我想了想，要是以后自己的婚礼，新娘不是你的话还会是谁。”

他这么一说我也难受起来，哭着说：“万一你老婆不是我，你结婚摆酒可千万别叫我……”

他看着我当真的表情，一边帮我擦泪一边对我说：“没有万一！新娘怎么可能不是你！你要是敢和别人结婚，我就去抢婚！”

他常挂在嘴边的一句话就是“我这个人求安分，认准的感情就不想再换了”。

可能是因为这段感情太过于安分了，我总是想要引起他的注意，不甘于平淡如水的感情，所以总是没事儿找事儿地刺激他。我整天闹得噼里啪啦的，但我觉得我怎么闹他都不会离开我。

终于我第十次提出分手时，他控制不住自己压抑已久的情绪，对我破口大骂：“我就不明白了，你为什么总是想着分手？我到底哪里对不起你了，让你总是想要更我分手？难道平平淡淡的就不好吗？我真的受不了了！我受够了！分手好玩吗？好玩吗？老子不玩儿了！”

于是，还在舞刀弄枪的我傻眼了。他不玩儿了，两个人的战役，他提前退场了，只留下我一个人站在一片狼藉里。

当我们用比匕首还锋利的言语刺痛对方的时候，我们都忘记了曾经说过的那句“非你不嫁，非你不娶”的宝贵誓言。

我觉得我们两个人像极了《失恋33天》里的黄小仙和陆然。遇到问题，我不会妥协，只会一味攻击，而他却总想平淡如水，安安稳稳。我们的爱情也像电影中所说的那样：“开始时，我们实实在在地爱上了对方，结尾时，也实实在在恨极了对方。”

我不甘心自己的青春就这样白白浪费在一个男人身上，于是他出国后，我还想方设法跟他联系跟他闹，想要他重新回到我身边。直到有一天他在电话里，冷静地对我说：“我已经爱上别人了，我们已经订婚了，别再和我联系了。”那一刻我才觉得我是真的把我的爱情作死了。

闹着闹着，一段长达六年的感情就没了；吵着吵着，就把人吵去一个安静的女人身边去了。女人说分手都是说说而已，她们只是想确认自己在那个男人心中的地位，而男人说分手时则是付诸行动的。所以，在爱情的路上，一定要小心谨慎地“作”，不要等失去以后，才后悔莫及。

35

我第一次和他相遇是在公交车上。

我和他的家应该是在同一条公交线路上，上班的时间大概也相近，所以有一段时间，每天早上他都会在我下一站上来，然后在我的座位旁边站定。

他总是穿着得体又好看的西装，身上有好闻的香水味，淡淡的，我总是不自觉地用鼻子嗅一嗅，有次不小心被他发现了，就不好意思地吐舌头朝他笑笑。

隔天，他在下车之前，塞给我一个精美的礼品盒。我到办公室打开一看，是一瓶中性香水。我试喷了一下，是他身上的那种味道，和他给人的感觉一样，轻柔，舒服，而且充满着魅力。

那阵子我着迷于烘焙曲奇饼干，第二天我把一盒曲奇当作回礼送给了他。他收到后，当即打开尝了一块，连连称赞。

就这样，我们渐渐熟悉起来之后，我才知道他原来是一家广告公司的老板，曾经在国外留学多年。他之所以会坐公交车，只是因为他的豪车正在维修中。

我们交换了联系方式，他时不时地会给我发短信或者打电话，都是一些很平常的问候。有一天，我发高烧自己待在家里，他突然打过电话来，听我声音不对劲，就问我怎么了。我告诉他可能是最近太累了就病了，然后他直接问了我家的地址，不到二十分钟就赶到我家门口。我晕晕乎乎地把门打开，然后一头栽到一个温暖又结实的怀里，之后就失去了知觉。

再醒来的时候，就发现头上顶着一个冰袋，床头放着一碗海鲜粥，我想坐起身来，却因为身体软绵绵地又砸会了床上。恰好他走了进来，看到我努力未果的动作，扑哧一声笑了出来。

他温柔地把我扶起来，拿体温计给我量体温，37 度，已经退烧了，又端起海鲜粥，盛了一勺放在我嘴边。等他完成这一系列行为之后，我才如梦初醒般地问他："你怎么在这儿？"他哭笑不得地说："傻瓜，是你给我开的门啊！粥快凉了赶紧喝吧。"我懵懵懂懂地又问："你怎么知道我想喝海鲜粥的？"他一边把粥送入我嘴里一边笑说："你昏迷的时候一直喊的，海鲜粥。"我腾地一下就脸红了。那天他一直照顾我到很晚才走。

他回到家后又发来一条短信："要不要试着和我在一起？"

我当时没有立即回复他，是因为我觉他太好了。他事业有成，举止有礼，而且身上有一种特殊的魅力，这样的男人肯定会有许多女孩子追求吧，他怎么会看上我这种平凡又普通的女生呢？

其实，我从在公交车上起，就开始暗恋他了，但是我从来没有想过他会喜欢我。以至于我们两个人真正在一起后，我仍然觉得很恍惚，不敢相信发生的一切。

他对我很好，除了工作之外，毫不吝惜自己的时间，经常带着我参加一些他们朋友的聚会或者看一些艺术展之类的。也会常常顾忌我的感受，主动要求陪我去看一些狗血的爱情故事片，在我哭得稀里哗啦的时候适时地给我递上纸巾，或者带我去游乐场，陪我玩那些惊险刺激的游乐项目，然后照顾玩完后狂吐不止的我。

后来有一次聚会，大家都喝得微醺，他出去上洗手间的空当，他的女同事突然以敬酒为由跑到我身边，满是不屑地对我说："真不知道你哪点好，要长相没长相，要身材没身材，要家世学历也没有，他到底是看上你哪点呢，你觉得你配得上他吗？你配和他站在一起吗？"

那时我才真正意识到，原来在别人眼里，我们是那样的不般配，他是那么高高在上耀眼的存在，而我却卑微得连站在他身旁的资格都没有。

我的内心渐渐开始恐惧，我不知道我的幼稚在他眼里是不是可笑的存在，他会不会因为我的"不得体"和"不成熟"而离我而去。

于是，我决定为了他改变自己。再和他参加聚会的时候，我变得尽量少说话，以免闹出类似之前让所有人捧腹的笑话。我自己报了一个美学修养班，硬着头皮去学那些我并不感兴趣的美学知识。和他在一起的时候，我尽量保持得体的一举一动，让自己和他站在一起时看起来般配一些。为了表达我对他的爱，无论多忙多累，我都会拖着疲惫的身子帮他做饭，收拾家里，洗衣服等等。遇到委屈的事情，从来不跟他讲，也不发脾气，不想让他觉得我还是一个任性，不懂事的小女生。

但是渐渐地，我发现他对我的态度冷了许多，直到有一天，我所担心的事情终于发生了。他拉着我的手，叹了口气，语重心长地说："我想还是我们分开吧。对你对我都好。"

这是我潜早已预料到的结局，但是真正发生的时候我却还是难以接受。我问他："是我不够好吗？是我太不成熟了吗？"

他摇摇头说："不是你不够好。只是我觉得你不必为了我变成另外一个人，不值得也不需要。我喜欢的是真实的你，不是改变后的你。"

我还是不死心地问："那我还有机会吗？"

他说："我觉得两个人在一起，轻松快乐才是最重要的。但是你现在把自己的位置看得这么低，我也很不舒服，我不想你这样累。也许这也证明了，我并不是那个适合你的人吧。"

终于，这段恋情还是无疾而终。

也许，男人需要的并不是崇拜者或者跟随者，而是一个可以和他并肩而立的女人，不用改变，不用隐藏，不用刻意讨好，做好自己，让双方都感觉舒服。所以，不要磨灭掉自己身上本有的天性，也许那些才是你最迷人的地方。

36

我们从小学到初中一直都是同学，而且是前后桌。那时候，我们时常故意把对方的书扔出窗外，喜欢无缘无故地捉弄对方。上课的时候，我们互相传纸条，上面写的都是狠话，看完以后两个人又都莫名地捂嘴偷笑。那时候流行磁带随身机和 CD 机，两个人有时候就一起听歌，互相抄歌词。打打闹闹，九年时光就这样在不知不觉中过去了，两小无猜的生活也就结束了。

中考的时候，我考上了一中，重点中学。她没有考好，去了二中，普通高中。之后，我们很少联系，以前的情谊慢慢地也就淡了下去。但也许，两个人的缘分本就是天注定的。高二下半学期，她转学到一中，恰好就分到我们班上。

那天放学，我们在一个公园广场聊了很长时间。我才知道她刚刚失恋，心情特别低落。后来，为了帮她调整心情，我周末经常约她出来玩。在这个过程中，也许是多年积累的感情突然爆发了，我发现自己渐渐地喜欢上了她。而且，我觉得她也对我挺依赖的，虽然她还没有完全放下过去，但我对这段感情很有信心。

那时候，女生们都特别爱追星。她当时疯狂迷恋五月天，于是我通过各种关系，买到了一张五月天签名的正版 CD，在她生日那天送给她当作礼物。情人节的时候，我去巧克力手工店亲手做了巧克力给她。圣诞节的时候，我凌晨跑到她家楼下送苹果。周末的时候，我们经常约着一起去网吧，或者去逛街。那个时候，我不懂什么是爱情，只要走在她身边，看她笑，听她说话，就好像在夏天吃了一盒冰淇淋似的，清凉舒爽。

我曾经跟她表明过心意，她觉得我们都太小，应该以学业为重。而且，她很坦白地告诉我，她还没有完全从上一段感情中走出来，这样对我来说也不公平。所以，我们两个人就一直维持现状。

高三那年，我发现她渐渐地开始疏远我，和其他班上的一个男生走得很近。我经常看到他们一起去食堂打饭，一起放学回家，一起去网吧上网。而在以前，这都是我和她一起的做的事情。我当时心里很难受，但是因为要高考了，所以决定一切等高考结束再说。到时候，我一定要和那个男生公平竞争，这样即使输了我也甘心。

但是高考结束后，我却等来的是一张纸条。她说，她不懂得珍惜我，很对不起我，但是她不能违背自己的心，所以让我不要再惦记着她了。于是这段感情，还未开始，就已经结束了。无奈，我只有将这份爱深深地埋在心里。

大学时，我时不时地会怀念那段青涩、不掺杂任何杂质的感情，也一直期待能再次遇到那么美好的爱情，但这是可遇而不可求的。

直到有一天，我突然接到一个陌生电话。我轻轻说了声“喂”，电话那边传来一个熟悉又有些陌生的声音，我一听就听出来了，是她。当时，我浑身一激灵，声音都是发抖的。她到处找同学打听，才要到了我的电话。电话中，我们聊了一些老同学的事情。我还得知她在另外一个城市上大学，而且没有男朋友。

那一刻，我的心好像又活过来了，充满了活力和喜悦。之前，我从来都不相信什么命运和缘分，但这一次我信了，我相信人与人之间会有某种特定的联系。

之后，我们就恢复了每天早安、晚安之类的问候，联系渐渐地变得频繁起来。但是，毕竟是分隔两地，我也总觉得这段感情有些飘忽不定。直到十一放假回家，我们再次见面时，我才有了一些真实感。我当时就觉得，老天是垂怜我的，让我能有一次失而复得的机会。我千般万般地对她好，甚至开始畅想和她的未来生活，想要为她而努力。

分隔两地的日子，其实并不好过。时间长了，两个人除了固定的问候之外，可以聊的事情越来越少，但是我对她的感情却依旧如初，还经常会坐火车去她的学校去陪她，但是她每次对我的态度——不能说不好，就是感觉很微妙。

有一天，我们聊到未来的时候，我对她说："等我们毕业了，我们就结婚吧。"

她却很吃惊地看着我说："我，我没想过这个问题，太突然了……我不能给你这个承诺。"

从那之后，她跟我的联系变得越来越少，直到完全没了消息。

三个月后，她突然又打来电话，问我："能借5000元钱给我吗？"

我愣了一下，问她："怎么了？"

"这件事你一定要帮帮我，我知道突然找你很不好，可是我真的没有办法了，我真的不知道该找谁了。"

"那你到底怎么了？"我焦急地问她。

她顿了几秒，说："我怀孕了……"

我脑子嗡的一下响了好几秒，心中莫名涌上一股愤怒和悲哀。"怀孕了你找我干吗？！你去找让你怀孕的人啊！"我怒吼着。

"他不接我电话，我也不敢告诉我爸妈，我只能找你……"她边说边哭了起来。

我一听她哭，心就软了，沉默了好久，然后又问了她一些详细情况，说第二天把钱给她汇过去。

放下电话后，我点了根烟，却一直拿在手上，直到被烟灰烫到才回过神来。对于她而言，我到底算什么呢？这是一段没有名分的爱，她从来没有成为过我的女朋友，至少她内心里从来没有这样想过吧。

爱情不是占有，也不是无尽地付出。如果知道她不爱，就放手吧。不要傻傻地坚持到最后，曲终人散，才发现自己要独自谢幕。

37

在一起那年，我们都是 15 岁，抱着一份坚定无比的信念想要证明给所有人看，不是所有的早恋都是没有结果的。

我们是高中同学，在同一个班上。他是个特别爱睡懒觉的人，我也是。但是为了我，他宁愿定六点半的闹钟，食堂一开门就去买热腾腾的早饭给我。他嫌食堂的鸡蛋不好，就趁着每周放假的时候，从家里带两盒鸡蛋回学校，还偷偷买了一个小型蒸蛋器放在宿舍里，每天早上起床把鸡蛋蒸好带给我吃。

当时学校严抓早恋，于是我们平时在班上并没有什么交流，但是每次体育课回来，我的抽屉里都会放着专属于我和他的日记本，还有一瓶我们当时都爱喝的康师傅绿茶。

中午或者晚上回宿舍的路上，我们都会装作不经意地遇到，不说话，只并肩走上一段路，分开的时候彼此笑笑，就能一晚上高兴得睡不着觉。

在自由活动时间，好几个班级一起自行在操场上活动的时候，我们可以肆无忌惮地坐在一起聊天，说些悄悄话，牵牵小手，当然免不了要拉两个好友做掩护。每周的那一个小时是我们最开心也最幸福的时间。

有一次，我生病了，需要连续在医务室里输一个星期的液，结果他跟老师撒谎说他拉肚子，然后跑到医务室硬要医生帮他输了几天的盐水，就是为了陪我，怕我寂寞无聊。

我特别清楚地记得我们第一次牵手的情形。有次月考结束后，我们两个人因为要打扫考场卫生，走得比较晚，结果不知道为什么就停电了。于是，我们摸黑往教室外走，还没走几步，他就突然停下来对我说：“你知道吗，我有夜盲症，黑了我就看不清了，咱们走慢点吧。”

我说好，于是脚步慢了下来，到了下楼梯的时候，我又说：“下楼梯了，你小心点，要不扶着我胳膊走吧。”然后就把手伸向他。下一秒，我就感觉到他掌心的温热。他小心翼翼地扶着我的手腕，然后开玩笑地说了句：“女生手腕怎么会这么细，我都怕一不小心就捏断了。要不我还是拉你的手吧。”还没等我回应，他就直接牵住了我的手。

我当时心跳加速，脑子反应不过来愣在那里。回过神的时候，他已经走到我前面，拉着我的手大步流星地走下台阶。原来他就是想牵手，还拿什么夜盲症当幌子。我当时心里甜蜜得要死。

在所有人眼中，我和他之间的感情很好，大家都说如果以后喝不上我们这对的喜酒，就要对爱情失望了。

后来高三的时候，因为他的户口转到了外地，所以他要去外地参加高考。高考前半年，他是在外地备考。我们一个月只有一次见面的机会。每次，他都会准时等在学校门口，然后骑着自行车载着我随意晃一个小时，再把我送回家。

我们约定，大学要在同一个城市。因为我想考北京的大学，所以他答应我也报考北京的大学。不幸的是，他因为高考发挥失误，只能留在外地。我们心里都多少有些失落，不过我们以为，只要彼此相爱，异地恋也没什么，况且距离也不远，一个小时的车程，非常方便。

但事实证明，我们都错了。上大学后，我热衷于社团活动，加入了校学生会，参加各种社会实践活动，想让自己变得更优秀。而大学后的他只会窝在宿舍里打游戏，学会了抽烟喝酒泡酒吧，第一学期就挂了三科。我经常劝他，不要这样浪费时间，应该多干点有意义的事情，至少不能再这样挂科下去。他每次都答应特别爽快，等我回学校后，他又一切照旧。

我们之间的话题变得越来越少，最后他给我打来电话的时候，我除了沉默都不知道还能说些什么。于是，我提出了分手，他那天哭得很伤心，我却哭不出来，就觉得心已经被千刀万剐了，却流不出一滴眼泪。

大学这四年，我们越走越远，他说他恨我，恨我放弃了他。

我只想说，对不起，没能和你走到最后，但是爱情不是有爱就能解决问题。如果不能一起向前，彼此拉扯反而不如早点放手。

虽然这是一场偶遇，但我仍然会珍惜我们在一起的美好时光，以及，擦肩而过时彼此发出的光芒。

38

他是我见过最聪明的人，数学从来没有考过第二。我总是想，是不是我超过他了，他就会注意到我。

一个月后的月考，我考了 119.5 分，满分 120 分。下课的时候，他走过我身边，说了一句："考得不错啊。"要知道，在学生时代，数学一直是我学不好的科目。要不是因为他，我不可能在自己最讨厌的科目上拿到这样的分数。

高考时，成绩很好的他，选择去了一个名不见经传的学校，只是为了和我在一起。十年后，我选择从大城市回到一个陌生的小城市，为了和他在一起。今年，我们结婚了。事实证明，我没有选错人，谢谢你这十年，和后面的那么多个十年，陪在我身边。

39

我和他谈恋爱是在高二，17 岁，今年我 25 岁，研究生刚毕业，随之毕业的还有这份长达八年的爱情。

我们从高中到大学到研究生，从异校到异地到异国，我一直追随着他的脚步。他曾说，和我站在一起，就会让他有奋斗的理由；他曾说，对他而言，我是最美好的季节，是他这辈子最大的收获。

我对他抱有崇拜之情。他很有能力，无论在什么地方都是最引人注目的存在。他人缘很好，和所有人关系都处得不错。他也很有情调，尤其是大学的时候，他会突然从外地赶来，抱着吉他，坐在我的宿舍楼下唱情歌，庆祝我的生日；他会画画，熬了几个通宵画了一幅我的肖像画送给我；他喜欢旅行，经常带着我到处游玩。他是如此优秀，对我却没有任何要求。他说，我什么都不用做，就让他来爱就好了。

多完美的男人。就连我爸妈都早已把他当作自家女婿了。可是，我却不是他全部的世界。

有一次，我不小心看到他在微博上给一些漂亮姑娘的留言，那些暧昧的话让我觉得无比刺眼。我问他，他却毫不避讳也不解释，仍旧温柔地笑着告诉我，只是觉得好玩而已。

我发烧的时候，想听听他的声音，连着打了两天的电话都没有打通。第三天他回过电话来，我问他为什么不接电话。他特别亢奋地说："我和某某出去旅游了，去了山里，所以信号不好。那里景色太美了，空气也特别好，等你病好了，我也带你去。"

他说完，我就挂了电话，躲在被窝里哭了整整一天。某某，是他的前女友。跟现任女朋友说自己和前女友出去旅游，我不明白他怎么说得出口。用他自己的说法来讲就是："我和她都是过去了，现在就是朋友啊，你不要太小气了，没必要，我爱的还是你。"

对，他爱的还是我。他还是无微不至地对我好，好到没有任何纰漏，好到让我无法自拔，但他也还是不停地去做他觉得"好玩"的事情。

他来看我，我们一起逛街的时候，他总是发短信。有一次，我们走在路上，他接了一个电话，用格外轻柔的语气安慰着电话那端的人，脸上时不时露出温暖的笑意。我不知道他用"傻瓜"称呼的是什么人，那一刻我只是呆呆地站在原地，脑子一片空白。等他牵起我的手往前走的时候，我才轻呼一口气，自我安慰——至少他的人是在我身边的。

直到我和他一起参加他的初中同学聚会，遇到了他初中时的女朋友。前任新欢同在场，本就是让大家津津乐道的事情，于是便起哄玩起了拼酒。轮到他受罚的时候，那个女生就主动夺过他的杯子，帮他一饮而尽。作为正牌女友的我，自然也不甘被人如此欺负，也一杯接一杯地和她比了起来。最后，她喝醉了，我也喝醉了。我整个人瘫软在沙发上动不了，意识也有些模糊，他却把我丢给他的女同学照顾，全程在照顾他的前前前女友。

第二天，我在他同学的家里醒来，问他在哪里，他同学支支吾吾地不知道该怎么告诉我，于是我咬咬牙问："他是不是和她在一起？"

他同学点点头。“一晚上都在？”他同学没出声，我已经明白了一切。

这就是我爱了这么多年，还口口声声说爱我的人。他曾经给我的爱太美好了，好到让我迷失、让我沉迷，让我直到这一刻才知道，我只是他爱的一部分，和那些与他暧昧不清的女生一样。我曾经觉得他是我的真爱，遇到他是莫大的恩赐。现在想想，我对他无休无止的容忍和包容简直就是犯贱。

无论对方多么优秀，无论你们多么甜蜜，都要好好爱自己，给自己留一分空间。将来这份爱不再存在的时候，就不会屡屡在深夜无助地痛哭。

40

高三的时候，他坐在讲台旁边，我坐第一排。

某天，下课之后他突然跑来找我，只说了一句话：我喜欢你。带着奇怪的笑。

我当然不敢当真。

后来，只要他一见到我，不管是在哪里，都要来一句：我喜欢你。我觉得很无语，认为他故意在逗我，开玩笑而已，仍然没有相信。

终于有一天，上课的时候他一个朋友给我一张纸条，写着：你真的很乖，以后你一定可以遇到真正对你好的人。

当时，我根本不知道纸条到底是谁给我的，只傻傻地在纸条上写上“谢谢你”，然后还给了他的朋友。

直到两年之后我才突然意识到，那张纸条其实是他写的。而那个时候，我们已经彻底失去了联系。直到现在，我都还没有像他说的那样，遇到那个真正对我好的人。

一直以来，一想到那张纸条，就会觉得温暖，伴着一点点惆怅和感伤。那个少不更事的我，那个阳光英俊的少年，也许大家都不是那么的完美，但一切还是那么的美好。

谢谢你，到现在我还是只有这句话。

还有，其实那个时候的我，也不是不喜欢当时的你。

41

他是我大学师兄，也是初恋男友。新生开学报到的时候，我一眼就看见他了，一见钟情。

后来我借口上钢琴课，让他天天来接我。好朋友实在看不惯我天天回寝室犯花痴的样子，就给他打电话说我喜欢他。

他就成了我男朋友，再后来，我们分开了。

分开快两年了。前两天和他见了一面，他居然还戴着我们在一起时买的情侣戒指。

那时候，心里真的有一些东西瞬间崩塌了。

42

我们是大学同班同学。十一长假的时候，他来找我玩。我们相处得不错，但仅此而已，连暧昧都算不上。

后来，我收到一封邮件。标题是：你是我最简单的快乐，里面都是看着很舒服的句子。我心里有点高兴。但是邮件内容很莫名其妙，就没往心里去。

又过了一个月。突然收到他的四封邮件。标题和内容严重脱节，完全不知所云。我还是没往心里去。

很快，我收到了他的短信：把四个标题竖着连起来看。

我赶紧跑去打开邮箱。原来四个标题的第一个字连起来就是：我喜欢你。

我们在一起三年，直到毕业，又纠结了一年，还是分开了。

现在想到对方，只是感叹——可惜不是你。感谢那是你。

43

这个夏天，深夜北京的某个天桥上，桥下是川流的车辆。

我说，这么浪漫，我们亲一个吧。

她说，不行！

我说，唉，早知道你会拒绝，额头总可以吧？

她不作声。

我靠近额头时把嘴一低，得逞了。

我来自香港，她来自台湾，7 天后都离开了北京。

我们彼此的初吻，应该一辈子也会记得吧。

44

暧昧了将近两个月后，某个周末去他家玩，在沙发上看电影。

两个人抢一个抱枕。他成功了，我突然一赌气，直接倒在他放腿上的抱枕上。

继续看电影。他一只手和我的一只手摩挲着，另外一只手玩着我的耳朵。

他说：猫好可爱。

我说：那你怎么不养一只？

他说：我现在已经有一只了……

晚上看到 11 点多，他没送我回学校。

我们躺一张床上，我盖比较厚的被子，他盖薄的那床。说了一会儿话，我说觉得有点儿热，他说那你过来吧，就把被子撩起来。我钻了进去。两人很自然地四脚交叉搂抱在一起，鼻子摩挲着。我一直等着他主动亲我。他却迟迟没有行动。终于，我忍不住了……

我：我们亲亲吧！

他：你准备好了吗？

我：嗯，可是我不会……

他就亲了过来。嘴唇触碰了一会儿。

他：把你的舌头伸出来。

然后，我们甜蜜地相拥入睡。

一直都记得那时清新绵软的味道。到现在三年多了，两个孩子气的人，吵吵闹闹，分分合合，彼此深爱，却不能和平相处，也不知道未来的路。只是，我们永远都会记得那个美好的一天。

45

片段一，地点：北京。

走在昏暗的地下室，他的一个硬币掉在地上，我说是 5 毛的。他说是 1 块钱的。我很自信，跟他说：如果是 1 块的，我就嫁给你。

他捡起硬币，放在我手里，走了……

结果是 1 块钱的!

片段二，地点：台州。

毕业半年后，他从上海到台州看我。我们赤脚坐在溪边，溪里有很多小虾。

他说：如果我抓到，你就让我亲一下……

可惜一直没有抓到……

片段三，地点：小旅馆。

他来台州看我，住在我上班附近的小旅馆里。我上完夜班去看他，觉得很累，就靠在床边看电视。

他在旁边说：你不怕我会亲你吗？

我说：我不信。

他越来越靠近……亲了。

触电般的感觉！

46

在一个月黑风高的夜晚，我打电话给我心爱的女孩，约她下来。那时我们只是普通朋友，彼此还不太了解。

我把她带到一个黑暗的墙角，她有点儿害怕，我把她推到墙角，扑通一声跪下了，拿出一条项链，对她说："平，我很喜欢你，我知道你现在可能还不能接受我，我愿意等。哪天你戴上这条项链，那就是你答应做我女朋友的时候，希望你能接受，我真的是真心的，我会好好爱你，好好疼你……"

回宿舍了，我把我的裤子膝盖那部分剪了，挂在宿舍，上面写着：对平求爱之纪念。

第二天，她戴上了那条项链。

47

我算是没初恋，是被动式的。

当时，我还是个十六七岁的黄毛丫头，情窦初开，被人追的时候不敢看人家，就在班级里的玻璃窗反射中偷偷看。嘴上死不答应人家，每次收到信的时候都偷着乐。

他用绳子把自己吊在大桥上，用毛笔在桥上写下：巧巧我爱你。没有桥墩，下面是水，上面是火车道，很危险。放学后，他拉着我去看，可是我就是不去……

后来我一直没去，直到他离开学校，一次偶然的机会我才看到。当时心沉了一下，如今我在大学，他已经不知道去了哪里。

现在有了自己的男朋友，虽然初恋很奇妙不美好甚至都有点儿苦涩，却有时忍不住要回忆。我很怀念那段为了一个人可以奋不顾身的单纯时光。

48

他：你一直这么开心的吗？

我：不是啊。

他：不开心的时候，有没有想要个肩膀靠一下？

我：没有。

他：说实话。

我：有。

他：那下一次再不开心，委屈的时候，你想要的那个肩膀，可以是我的吗？

我：……

然后，我就靠上了他的肩膀。当时，天蓝蓝的，他暖暖的。

原来，爱一个人，心里真的会有彩虹。

49

他邀请我一起去看电影。我答应了。

他又说："明天我的女朋友也一起来。"

我觉得心有点儿隐隐作痛，但还是笑着说："好。"

第二天，她只见到他一个人前来，便问："你女朋友呢？"

他温柔地摸摸我的头，笑着说："就在我面前啊！"

50

老公当时是我上一届的师兄。

我们一起上自习，两个人中间是宽宽的桌子，头顶是图书馆有点暗黄的灯光。

我和他卖弄刚从同学那里听来的学问——手指甲顶端那白色的月牙标志着人的健康状况。我伸长了脖子看他摊在桌面上的修长的手指，仔细地数着一、二、三、四……

突然，他的手掌一翻，就把我的左手擒住，扣在掌心里一直没有放开，一直到图书馆闭馆，一直到现在。

这是上个世纪的校园恋爱，没有 QQ，没有突然勃发的热情。我们一路走来，读完了所有的学位，分享了男女之间所有的第一次。

现在，我们的女儿 3 岁了，他的笔记本的桌面依然是我。

51

我们是同班同学，他的性格和我完全不一样，长相却是我喜欢的类型。

第一次念他名字，就想，人的名字怎么可以这么拗口……

第一个学期，我们偶尔见面，他主动招呼，我记人一向很差，发呆很久才知道是谁……

过年放假回家他主动 Q 我，说很暧昧的话，亲爱的之类的。好吧，我迟钝……但是那段时间觉得是最开心的时光。

大年夜，我们窝在被子里打了一个晚上的电话。很温暖。第二天一大早，他就起床去买电话卡，继续打。他在电话里唱歌给我听，那时觉得很有趣，后来才知道这就是甜蜜。他唱：“世界那么复杂，你要靠我近一点……”

但是回到学校，我听到了很多关于他和其他女生的流言。我对他说：“希望你找到你的幸福，等到最想念的人回来……”

他说：“我最想念的人星期日回来，我要去接她，她说要带蛋糕回来给我吃。”

我有点小沉默，因为走之前我对他说，我要带蛋糕回来给他吃。

但是，我不喜欢暧昧不清，所以继续沉默……

那段时间很混乱。他给女生买巧克力，然后和我解释，他们只是好朋友。他陪女生吃饭，刚好被我撞到。他打电话说，刚好是那个女生生日。

我很郁闷，说：“不要和我解释，我不会败坏你名声的。”

他说：“就是想和你说一下……”

后来很长一段时间都是这样子，纠结中……他一直叫我亲爱的，我一直沉默。我拼命和自己说，他不会喜欢上我的，不要傻……

我会不记得上课的教室，有时不是一起的课他也会发短信告诉我：你在哪间哪间教室，不要走错。小感动。

有一次，他打球受伤了。我丢下雪糕拿了云南白药到他宿舍楼下，一起走了很久。说什么不记得了，他又再问了一次：“我去买情侣装，一起穿好不好？”我沉默走回宿舍。

晚上打电话他又问，我就火大了：“你知不知道穿情侣装什么概念啊？你要和我一起吗？”

他说：“是。”

然后我们就一起穿了，这样算是向我表白吗？ 现在回想起来都很好玩。他很高调地和他的朋友以及我的朋友说了这件事，很正式的样子。

但是，我们在一起 20 天就分开了，太多的原因，并且无法挽回，好朋友都做不了。

那天，我还是给他带了最爱的蓝莓芝士蛋糕。那天，第一次喝酒，两瓶冰锐，拼命流了很多眼泪。我打电话给他，让他给我唱歌。他居然唱《分手快乐》。

后来，我们一起出来吃饭。他说："你还记不记得我家电话，记得的话就把我的银行卡密码给你。"我想了很久说："不记得。"但是他还是把密码给我了。

回到宿舍，我在 QQ 上问他："密码呢？我忘了，还有卡号。"他很老实地告诉我了。后来，他去取钱，卡因为泄密被冻结了……

好吧，我幸灾乐祸。其实我记得，就是不告诉他。其实，我很喜欢他，就是不告诉他。我真是个别扭到死的人……

分开后，其实也觉得很甜蜜，因为很简单美好。他处处将就，处处宠爱，分开以后才知道，他不喜欢吃蛋糕，但是我最喜欢带给他的却是蛋糕。

没有说出口的喜欢和一本《小王子》一起送他了。可能他不知道为什么分开了，还送他一本童话书。因为，那是送给最爱的人的书。

52

那天晚上他情绪不好，在十字路口，我说："走左边吧。"

他说："为什么？"

我说："走这条路会有美好的事情发生。"

其实只是想逗逗他开心。

我们坐在阶梯教室最后排，他问我："美好的事情是什么？"

我说："把你的左手伸出来。"

他伸出来，我就把右手叠了上去，说："我们在一起吧。"

他用双手合住我的手的感觉，是汹涌的温暖，至今还喜欢他这样握住我。

我哭了，恍恍惚惚地意识到有一些东西永远过去，有一扇发光的门慢慢打开了。

其实答应的时候真不是出于爱情，都不知道那是什么。可是后来，我们爱得越来越深。

朋友说："你就是小孩子，出门看见第一块糖，就捡起来，认定那是最好的糖，其他的糖你都不看了。"

真准，就是这样。我相信我迷信命运的轮盘上我会一直是赢家，因为至今以来，次次满赢，从未失手，真的。我已经赢来了我深刻难忘的青春，不知道会不会从他身上赢来幸福的现在以及永远。我想，会吧。

前几天的夜里，他说："我爱你爱得心里酸酸的。"

再过两天，他就要违背父母之命，坐火车过来陪我过情人节了。

如果爱，请深爱。这样就够了。

53

那时候，听朋友说，小指戴戒指的话就代表单身。

某天晚上，我戴着尾戒问她：“知道小指戴戒指是什么意思吗？”

她说不知道，我告诉她，是单身的意思。

她说，哦。

接着，我把手伸到她面前，对她说：“愿意帮我把这只戒指取下来丢掉吗？”

她呆了一下，最后笑着帮我取下了戒指。

我的单身生活从此结束了。

54

他是我十年的蓝颜知己，我经常跟他讨论怎么勾搭男生。

我说：“只要约出来，喝喝茶，聊聊天，牵牵手，不就搞定了吗？”

然后邪恶地问他：“敢不敢跟我出来，敢不敢牵我的手啊？”

他说：“这有什么不敢的啊。”

后来，某天晚上，他送我回家。走着走着，他突然毫无征兆地牵住我的手。

当时，我心跳直接 120，智商直接 250 了。

我们两个的单纯朋友关系，便就此结束了。

55

为了给他一个惊喜，周五下班后，坐车再转车去他的城市，快下车时打他手机，他却关机了。

半夜一点多到的，空荡荡的火车站，打车去酒店，司机说：小姑娘，半夜一个人多不安全，怎么不找个人接你。

听完这句话，崩溃。

第二天他睡到中午，终于开机了，几十条短信，出来找我，看到我，他哭了。

从那以后，他手机一直 24 小时开机。

他也疯狂过，半夜两三点钟疯狂想我，然后起床穿衣，4 点到火车站，坐车转车，来到我的城市，约好火车上见，我翘班如约来到那节车厢，看到他，看到他带着的报纸上有他设计的广告，两期，每期一个主题：一个是钱不是问题；一个是距离不是问题。

十年了，物是人非，那两个广告收藏至今。

56

2 月 13 号的晚上，我开始手捧着小说《朗读者》，一边朗读一边录音，连续录了 3 个晚上，加起来有八九个小时，舌头都起了一圈泡。

2 月 16 号，我把录音刻成盘，晚上交给他。

原本期待他听了之后会兴奋、会感动、会打电话给我，告诉我他的感受，结果我只收到一条短信说：谢谢你。

看到短信后，我把脸埋在枕头里，泣不成声。

57

当年，我为了接近他，做了四件事：

第一，一下课就在他们班门口闲逛，制造偶遇。

第二，不带音乐、美术、自然之类的课本，找他借。

第三，在老师的办公室，偷翻他的作业本、卷子之类的东西，看他写的字，看他答错的题。

第四，努力搞好和他要好的男生或女生的关系，即使是他现任女友。然后背地里诅咒他们马上分手。

现在回想起来，虽然觉得很傻，但是也很温馨。谁不是这么傻过来的呢？

58

高中的时候，我拼命学习，为的是在榜单上我们的名字能够挨着。这样一来，他也许会注意到我。

我曾经和他是同桌，但是一直没心没肺地和他开玩笑。喜欢他身上的味道。

我一直习惯用水笔，而有一天我看到他用水笔写字我特别高兴。

和他石头剪刀布，决定谁去拿实验器材。

我坐墙边时，他和我剪刀石头布，谁赢谁坐墙边。我输了就装出很生气的样子，其实心里很高兴，因为换位子就要从对方桌子里拿书。

我嘲笑他字写得难看，其实很喜欢他写字的样子。

因为他理科好，我决心要跟上他，结果我理科还是很差，算两位数乘法也会算错，被他嘲笑，心里却很高兴。

上课的时候朝他微笑，要是看到他也朝我笑就非常开心。

我连他的手机号也不知道，他的 QQ 也几乎从不上线。唯一有接触的就是同桌的那段日子。至今，我仍在怀念。

59

考完研，我当时已经快要弹尽粮绝了。记得那天中午，我买了两小盒凉面。我一盒，另一盒给了一个认识不久的女生。那个女生把她那盒的一大半分给了我。后来，她考上了，我落榜了。再后来，她成了我的妻子。

如今，我们有车，有了几套房，孩子都十岁了。

我永远都忘不了她说的那句“我不饿”。

60

我和男朋友是异地恋，上大三的时候在一起的。当时我们正处于热恋期间，经受不住思念的煎熬。他舍不得让我奔波，总是会坐最便宜的车，颠簸数个小时，来学校看我。到了学期末的时候，我们的生活费都用得差不多了。他知道我没钱了之后，自己只留了 50 元，剩下的钱全部给我了。他回去最便宜的车费是 42 元，还不包括公交车的钱。结果，他就用那可怜的几元钱度过了半个月。直到婚后，他才和我说起这段往事。当时，他一天就吃一顿晚饭，还是馒头就着食堂免费的汤。早饭不吃，中午实在饿得不行了就趴在桌上睡一觉，睡着了就不觉得饿了……我听了，真是泪如泉涌，只能在心里默默发誓要爱他一辈子。

现在，我们再遇到困难的时候，想到人生路上有了彼此，就觉得没有什么过不去的。

Chapter 3

总有两个人，爱你如生命

01

和家里通电话的时候，不管是早上还是晚上，妈妈的第一句话永远都是：“女儿，吃饭了吗？”这是父母固定的聊天套路，在他们看来，也许没有比吃饭更重要的事情了。

每逢回家的时候，爸爸会接过行李，帮我放好，而妈妈依然是那一句：“吃饭了吗？我给你做饭去。”

刚开始，觉得这种开场白很无聊，但慢慢也就习惯了。父母那一代人，都不太擅长表达，对自己的孩子尤其如此。对他们来说，直接表达自己的感情，是一件很肉麻的事情。也许，在他们心中，“吃饭了吗”就等于“我想你了”，这是他们独特的语言体系。

现在，每次听到妈妈的“吃饭了吗”，心中就会变得格外踏实和温暖。

在我看来，最美好的事就是：儿女已长大，承欢膝前；父母尚未老，依然健康。趁一切还来得及，且行且珍惜。

02

有一次跟爸妈通电话，讲了很久。

挂断电话没多久，妈妈打电话过来："你是不是有什么事情？怎么听你在电话里一直唉声叹气的？"

有一次，我打电话给家里，因为感冒了，声音有点嘶哑。第二天一大早，我妈就打电话过来说："昨天晚上你打电话，你爸一直在旁边听着，说是好像感觉你带着哭腔，他一晚上没睡着……"

……

后来，我给家里打电话的时候，就特别注意声音和语气，每次打电话都是愉快亢奋的样子。

这世上，也许只有爸妈才能听得出孩子那不经意的一声叹气……

03

我平时不太喜欢照相，所以没有什么照片。

有一年回家，我去拍了证件照，用完还剩两张，就随手放在钱包里。妈妈看到了，让我给她一张。我很奇怪："你要证件照干吗？"

她平静地说："想你的时候看看。"

再次回家的时候，我发现自己的证件照工工整整地夹在相框里。

04

刚来北京那几年，因为事业还没稳定，工作很忙，加上离家太远，难得回家一次。

我只能平时多给他们打电话。我妈一心盼着我回家，不想让我一个人在异乡漂泊。

当时，我有一个很好的工作机会。面试结束后，和妈妈通电话的时候，我和妈妈说起这件事情，没想到妈妈却来了一句："其实吧，我倒希望你面试不成功，因为我现在什么都不想，就想你，想你回家。"

当时一听到妈妈这句话，差点就想回家了。

05

有次周末我爸出差路过我工作的城市，然后就说来看看我。

我们早晨约在地铁站见面。周末的地铁站里人还是依旧的多。但是我一下车就看到那个熟悉的身影。他靠着一个消防柜子站着，背着一个看起来很沉的背包。

看到他有些佝偻的身子，那一瞬间我竟然有想哭的冲动，心里涌上一股他已老而我还未成人的心酸感。

他也一眼看到了我，特别开心地直起身子来朝我直招手。

我走过去，他从背包里掏出来一袋桃子，对我说："这是我在秦皇岛买的水蜜桃，别人说是那儿的特产，说特别好吃，我就给你买了点。我买的不好，我以为买贵的就好，结果好像这几个桃还没熟。你要放几天才能吃。软了就甜了。”

我接过桃子点头说好，还要再开口时，他却又说：“那我就走了，其实没啥事儿，我得赶紧赶回去了，那边还有事儿。你自己好好的。”说完他就又重新上了地铁，挥挥手就被人潮淹没了。

我抱着那袋没熟透的桃子呆呆地站在车站好久，直到别人推挤，才缓过神来。

为了想让我尝尝他觉得好吃的东西，不惜坐凌晨的车赶过来的人，也只有爸爸了。

06

以前，母亲经常告诫我：“妈妈希望你有出息。你走得越远，我越高兴。”我一直信以为真。

直到现在，我才明白过来，妈妈的话并不一定都是真的。

07

爸爸去世的第二天，全家上上下下忙着张罗各种事情。

妈妈坐在沙发上发呆，看到我，勉强挤出笑容说：“以后咱家订的牛奶没人喝了，可怎么办啊？”

我转身过去，泪流满面。

08

记得上大学的时候，家里买了一台大电视。按照常规，我想把电视放在客厅，可妈妈想放在他们卧室，一直争执不下，最后，老妈妥协了。

很多年过去了，有一天我和老妈聊天，谈到了这件事。老妈告诉我了真相：“把电视放在我和你爸的卧室，其实是想让你能来我们屋看电视。这样，可以多陪陪我们……”

虽然疑问顿消，心里却有点酸涩。

09

我是独生子女，毕业以后就开始北漂。

爸妈经常打电话来问我什么时候能回家一趟，但是因为工作繁忙，我总是推脱，说等不忙了就回去。通常这一等就是小半年。

有一次爸爸又打电话来催我回家时，默默地说了一句：“如果当年再要一个孩子就好了。”

我笑说：“你怎么会突然这么想，那得要罚多少钱才行啊。”

爸爸说：“罚就罚吧，总比现在强。”

我问为什么。

他说：“两个孩子，总有一个能留在身边吧。”

10

妈妈问：“你在干什么？”

我说：“没干什么，玩儿呢。”

妈妈说：“你爸今天晚上又不回来吃饭了，我也不想做饭了，就给狗狗弄了点狗粮，我看着它吃。”

11

我很小的时候妈妈便去世了，是爸爸一手把我带大的。

高中的时候，我特别爱吃雀巢巧克力饼干。

有一次，我和爸爸逛超市，看到雀巢巧克力饼干，很想吃。结果，爸爸不同意给我买，一来觉得贵，二来认为巧克力饼干热量高。

结果，第二天我放学回家，发现桌子上放着一大包巧克力饼干。

当时开心死了。

高中复读时，我一个人住。家里离我住的地方有二十多分钟路程。我每天 10 点才下晚自习。那段时间，我特别爱吃一家烧饼店的烧饼，遗憾的是，那家店八点就关门。

爸爸就每次八点准时去买，然后拿回家，等到九点半，在微波炉里加热一下，带到我的住处，然后再回家。

这样一来，我每次下晚自习回家，都能看见桌子上放着一个热乎乎的烧饼，但是我爸每次都不在。可能因为他不善于表达感情，怕我太感动吧。

12

汶川地震那天， 我正在学校上课，忽然楼房猛烈摇晃，大家全都冲了出去。

当时，通讯基本上都瘫痪了，电话不通，学校也只能通过广播找人。 后来，广播通知让我去学校门口。我刚到学校门口，就看到爸爸特别慌张地朝我跑过来， 那是我从没看到过的慌张表情。

他看到我之后，见我没事，才恢复了一脸淡定。

活到现在，我就看到过他慌张过这么一次。

13

有一次，我和朋友去天津游玩。常用的手机没电自动关机了，也没带备用手机。凌晨时，听完相声回到酒店，我发现放在桌子上的备用机上有 58 个未接电话——全都是妈妈打来的，几乎是每隔几分钟就打一次。从来都是我打电话回家，他们几乎不主动给我打电话，除非是想我了。我当时慌了，以为家里出事了，赶紧回电话。电话一接通，妈妈哭着说："怎么一直不接电话啊？吓死我了。以为你出事了呢！"原来，妈妈给我打电话，发现我的电话关机了，便拨打我的另外一个备用号码，结果也一直无人接听。妈妈当时吓得不轻，只能不停地拨打我的备用号码，一直持续到凌晨 1 点 50 分我回到酒店。当天晚上，我一夜未眠，愧疚，难受，伤心，自责，郁闷，种种心绪，涌上心头。爸爸走了，妈妈无比依赖我，但远在异乡的我，却什么都做不了。和父母之间的点滴往事，在脑海里依次上映。也正是从这一天开始，忽然之间，我好像就开始懂得父母了。

从那以后，我再也不会让手机没电了。

14

我被外派到欧洲公干了一年。其间，妈妈因为突发性的脑血栓，变得不认识任何人，连我爸都不认识了。当我赶回去，妈妈看到我时，她竟然流着泪，断断续续地说：“宝……贝，你回……来了，妈……挺想……你的……”

也许她谁都不认识了，但至少还记得我。

15

小时候，我是爸爸的跟屁虫，和他最亲。爸爸最喜欢叫我和他一起买菜。他喜欢买吃的给我，总是把小手指给我牵着。

上高中以后，因为路途遥远，我借住在姨家。有一次回家，爸爸让我跟他去买菜。我走在他后面，看到他的小手指翘着，一如我小时候牵着的样子。

我的眼泪，真的忍不住了。

16

爸爸学校要发一套运动服，第一反应就是打电话问我需不需要。

我说：“我有，不需要了，你就给自己要一套吧。”

于是，他特别高兴地给我发来几张图片，让我帮他选样子。

后来他和我出去遛弯，逢人就说：“我身上这件衣服是我闺女帮我选的，好看吧。”然后美滋滋地哼着歌往前走。

17

爸爸因为年纪大了，不太会用智能手机，所以发短信很困难。一开始我耐着性子教他，后来发现他实在是学不会，就跟他说以后别发短信了，直接打电话就行了。

有一天刚下课，我收到一条爸爸的短信："今天下雪了我们恨（很）想你。"

我打电话问他："爸，短信是你自己发的吗？"

爸爸说："对啊，没事研究了下，没想到就发成了。呵呵。"

后来妈妈告诉我，爸爸发这几个字花了半天的时间。

18

我家在海南，高考考到了北京大学，我特别兴奋地跑回家，准备告诉家里人这个好消息。

我以为爸妈会因为我的好成绩而感到骄傲，没想到，爸爸却叹了口气说："跑那么远，就留下我和你妈两个人相依为命了。"

19

有一次半夜里，妈妈突然打电话给我。我以为家里出大事儿了，噌地一下就从被窝里坐了起来，赶紧问怎么回事。

妈妈停顿了几秒后说："不小心摁到的。吵醒你了吧，你赶紧接着好好睡觉吧。"然后就挂了电话。

我心想，妈妈通常很早就休息了，而且手机睡觉的时候也不会放在身边，怎么可能会是不小心打给我电话的？一定是出了什么事儿。

于是我赶紧又回电话，问她到底怎么了。

过了好一阵子，妈妈才说："我就是刚才做了个噩梦，梦见你那边地震了，梦见你出事了，心里很害怕，就给你打电话了……"

20

上学的时候，我经常动不动就会和妈妈大吵一架。有一次吵得特别凶，妈妈默默地坐在沙发上一直抹眼泪。其实我挺心疼她的，但就是不愿意低头认错，于是一整天我们都没有搭理对方。

第二天，妈妈虽然还是没有跟我说话，但是仍然早早起来帮我整理好了要返校的东西，放在了我房间门口，然后又回到屋子里假装睡觉，还偷偷嘱咐我爸，记得带我出去吃早餐。

21

刚上大学的时候，只要一放假我就总想着往家里跑，假期结束的时候，非常不情愿地回学校。后来适应了大学生活以后，变得刚回家就想赶紧回学校。

以前都是妈妈送我去车站，后来和朋友一起返校，就没有再让妈妈送过。

有次她坚持要送我，送到火车站之后，因为时间还早，我就让她先回家去了。

我和小伙伴坐在候车大厅里聊得正欢时，我不经意间一抬头，发现我妈并没有走，她一直站在候车大厅外面望着我们所在的方向。

22

有一阵子我比较贪玩，经常和同学出去打游戏到很晚。妈妈不让我去，还威胁我说去一次就打我一次。

后来有次我偷偷去玩，被我妈发现了。回到家，她拿起衣架就开始打我。当时我不懂，为什么我挨打，我妈比我哭得还厉害。

现在我终于明白了，“打在儿身，疼在娘心”。

23

留学第二年春节，才有机会回了家一趟。

和妈妈一起准备年夜饭的时候，她一边收拾带鱼一边对我说："前几天去你奶奶家吃饭，谈起你来，你大姑问你爸想你没，你爸来了一句，想什么啊，眼不见心不烦呢，她不在，我省心得很呢。"

我心想这是亲爸吗？

我妈又接着说："你知道之后怎么着了吗？吃完饭，他自己一个人跑到阳台上抽了好一会儿闷烟，进屋的时候，眼眶还是红着的呢！哈哈哈……"

听完，我忍不住地偷偷抹了两把眼泪。

24

我们家的经济条件一般，虽然不至于省吃俭用，但是爸妈也从来不会买什么太贵的东西。

有次和妈妈一起逛街，看上了一件价格不菲的大衣，试了试，还蛮合身的。

妈妈问："女儿，喜欢吗？喜欢妈就给你买了。"

我犹豫半天说："一般吧。"然后放下衣服就想走。

妈妈却一把拉住我说："我觉得挺好看的，特别适合你，买吧买吧。”说着就把她的工资卡掏出来塞到我手里，然后又笑眯眯地说：“密码是你的生日，赶紧去结账吧。”

25

小的时候家里条件不好，为了让我和妈妈过得好一些，爸爸自学了摄影，每天下班后，还要走街串巷地去揽生意。

他经常回来得很晚，但很准时。他快回来的时候我都会在门口等着，看到他就飞奔过去。他会从口袋里拿出我最爱吃的巧克力给我，虽然只有一小块，但是那对于我们家来所已经算是很奢侈的了。每次我心里都甜甜的，那种被父亲宠爱的温暖，我至今都还记得。

后来妹妹出生，因为家里条件不能负担起两个孩子城市里上学，因为那时我已经在读初中了，所以家里就送妹妹回老家上小学。有一天，我爸突然起得特别早，什么话也没跟我们说，自己骑着车就回了老家。后来他回来我们才知道，原来是他做梦，梦到妹妹被人欺负，于是不放心就要过去看看。

高三的时候，因为我妈不太会做什么大菜，为了给我补充营养，爸爸每天中午都会回来给我做饭。那个时候邻居都说，我爸骑车回来的时间比表还要准。

26

刚去上海的时候，工资不高，工作很忙，经常熬夜通宵，有的时候还会受点委屈。

一个星期基本上才跟家里人打一次电话。妈妈每次都嘱咐我要在上海好好干，争取能闯出一片天地。

我以为我妈很支持我，却没想到，有一次我跟她抱怨工作上遇到的一些不顺心的事情时，她说："孩子啊，说实话这份工作呢，一开始我以为你面试不上的，就是想让你去锻炼锻炼。谁想到你真的就去了上海呢？其实我挺不想让你离开我身边的，你说你在我们身边，吃喝不愁的多好。哎，我现在就想你回家来呢。你要是实在撑不住，就回家来。爸妈养你！"

听完，我就蹲在大马路上就哭了起来。

27

有一次，我穿着新鞋子，和老爸一起出门买零食。突然，天降暴雨，在众目睽睽之下，爸爸捞起我就跑。我都十多岁了，感到很难为情。爸爸看到我的表情说："你从小不就不喜欢新鞋子、新衣服被弄脏吗？"

当时有点鼻酸。在他眼里，我永远都是需要照顾的小女孩。

28

放假待在家里的时候，爸爸总是时不时地溜到我房间里，然后坐在床边，有一搭没一搭地和我聊天。

有次我正在打游戏，玩得正在兴头上，就说了句:“爸，我正忙着呢，你别跟我说了，行吗？”爸爸一句话没说就走了。

其实说完我就后悔了，但是不知道该怎么去道歉，觉得很尴尬，就一直憋在屋里没出去。

没过十五分钟，我爸又端着一碗银耳雪梨汤进来，笑眯眯地问我：“儿子，打游戏累了吧？喝碗汤歇歇吧。”

世上能够包容你一切坏脾气的人就只有父母了吧。

29

高二那年，我爸因为操劳过度，突发心肌梗塞，被送进了手术室。那台手术整整做了十几个小时，我和妈妈也坐在外面担惊受怕了十几个小时。最后做了三个支架，才保住了一命。从那里以后他出差什么的都只坐汽车和火车。

高三那年我决定出国读书，有次回家准备材料的时候，我妈跟我说：“你不知道你爸上次出差坐了飞机，可把我吓坏了。”

我当时没在意，就说：“医生不是不让他坐飞机吗？他现在身体经不起折腾，以后让他公司订票的时候注意点啊。”

我妈说：“不是公司给订的机票，是他自己非要坐飞机的。”

“他怎么这么不听话啊，逞什么强啊！你以后看着他点，到时候出事，我又不在你们身边了，受苦的还是你们自己。”我心里是有点生气的。

我妈说：“是啊，他回来之前也没告诉我，下了飞机才告诉我。还说医生不让他坐他非要试试看。我心想还好是没事儿，然后就问他为什么非得坐飞机回来不可。他跟我说，以后女儿就要出国念书了，万一毕业后留在了美国，你说我不坐飞机我怎么去看她，所以我就先试试，锻炼锻炼……你说你爸这人也真是的……”

我妈后面的话我都没有听见，虽然她的口气像是在讲一个玩笑，但是我的眼泪却悄悄地掉下来了。我不敢想象，爸爸在飞上时是怎样的心情，会不会也会担心出事而害怕得很，或者很兴奋，如果这次坐飞机成功了，就可以出国看我了呢？

父母的爱永远比我们想象的要深沉得多，他们都是在用生命来爱我们的。

30

结婚后，我要把户口迁到丈夫那边。爸爸和我一起去办手续。

从派出所出来，爸爸站在一边抽了一会儿烟跟我说：“走吧，以后女儿就真的是别人的了。”

我听完心里难受极了。

31

我被班主任误会偷了同学的钱包，特别委屈，打电话跟妈妈哭诉。挂了电话还不到半个小时，妈妈就跑来学校，当着全班同学的面对班主任说：“我相信我女儿不会是小偷。”说完拉着我就走了。

当时我瞬间感动得泪流满面。妈妈以为我心里还不好受，边走边安慰我说：“宝贝别哭了，爸妈相信你，别怕，我们都是你坚强的后盾。这事儿妈妈会帮你处理的。”

32

高中的时候，我经常和妈妈吵架，更年期遇上叛逆期，简直一发不可收拾。

有一次，我用家里的电脑查资料时，看到网页浏览器的历史搜索中有这样的记录——“更年期怎样控制情绪”，“怎样与孩子相处”……我的泪当时就流了下来，从此以后便很少和妈妈吵架了。

33

高三毕业那年，我的高考成绩并不理想，整个人很失落。其实，我一直想通过高考，来向家里人证明，自己并不比别人差。结果，辛辛苦苦一年的努力，换来的也只是普普通通的成绩。我很沮丧，便想来一次毕业的疯狂远行，决定一个人骑车去西藏，调整心态。

爸爸妈妈都担心我出事，不愿意我去。但我心意已决，毅然上路了。为了让家里放心，我每天都会发一条短信报平安。

大概过了五六天，在骑行的路上，我不小心把手机掉在水里了。手机进水，开不了机，也就和父母失去了联系。第二天，我怕他们担心，赶紧借别人的手机给她们打了一个电话，说明了情况。并且告诉他们，以后我可能不能每天联系了。为了让他们放心，我表示一有机会就会想办法给他们打电话。

又过了七八天，我终于到了拉萨。我突然发现手机竟然能开机了，于是就给爸爸打了个电话。

“爸，我到了。”

“哦，感觉怎么样？”

“都好，就是膝盖疼。”

“那就早点回来，你在爸爸心里永远是最棒的。”

我当时听完就差点哭了出来，因为从小无论学习还是其他的方面，我都比不上别人家的小孩，我从来没有得到过爸爸的认可。这是人生之中他第一次夸我。

34

我正在外地进修的时候，收到了爸爸去世的噩耗。当时，我觉得天都要塌了！

回到家，整理爸爸的遗物时，发现他手机里有一条未发送的短信：女儿，你在那还好吗？你妈妈想你了。

这是爸爸写给我的第一条温柔的短信。他是一个不擅长表达的人。连说想我，都要假借妈妈的名义。即使如此，这条信息也没有发送成功。

我从未和他拥抱过，也从未和他好好相处过。在我心中，他一直是一个冷酷的人，很少对我笑。当我看到那个短信的时候，他已经不在了。直到如今，我才慢慢明白，爸爸的内心其实是一个柔软的人，只是我明白得太晚了，我甚至还没来得及告诉他，我很爱他。

爸爸，你听得到吗？

35

高三时压力很大，尽管我已经很认真刻苦地学习了，但是成绩就是没有什么起色。

有一次月考成绩下来，我妈问我：“考得怎么样？”

我不耐烦地说：“不怎么样。”然后我就进了房间，关了房门。

我妈又说：“今天碰到你初中同桌了，她说她考得还不错……”

我当时整个人就精神崩溃了，然后大喊了一声："是我愿意考不好的吗？我能有办法吗？你看她考得好你让她当你女儿啊！我去死算了！"然后，门外就没有了声音。

等我心情平复下来，出去一看，见我妈躺在沙发上哭，看到我冲过来就把我抱住说："女儿啊，你可千万不要想不开，考不好就考不好吧，也没什么大不了的，你可以千万不要再吓唬妈妈了！没了你，你让妈怎么办……"

我当时就后悔对我妈说那样的话。对于父母来说，我们就是他们存在的意义，是他们的全部。也许，我们不经意的一句话就会轻松摧毁他们心里的坚强，所以不要因为自己的愤怒和冲动的情绪，伤害最爱自己的人。

36

爸爸快四十的时候才有了我。虽然我知道他很爱我，但是我总是觉得我们不是很亲近。因为，我们都是那种不太会表达自己感情的人。

我记得我爸应该只打过我一次，这个打也就是使劲地拍了拍我的背，为的也是一些无关紧要的小事。而我妈却是从小把我打到大，但奇怪的是我还是和我妈很亲。

后来，我爸检查出来得了肺结核，一开始治好了，但是可能因为操劳过度，所以又病发了，日渐严重，后来都不能下床走动了。爸妈怕我被传染，就送我去姐姐家里住。

过了大概三个多月，我正在上课，突然我姑姑就来学校了。我当时有一种强烈的预感，知道有什么不好的事情已经发生了。一路上他们谁都没有跟我说什么，我也没有主动开口询问。直到到家后，家里有许多人，很多都是我爸的同事和朋友，看到我都直摇头，直说：“这孩子还这么小，就没了父亲，真可怜啊……”

也许是因为猜到了一些，那一刻我只能愣愣地站在那里，不知道该说什么，也不知道该干什么，脑子里一片空白，完全不记得当时到底发生了什么。我妈看到我也没说什么，只说让我进屋里待着，自己就又去忙着处理我爸的后事去了。

那天我住在家里，没有回姐姐家。晚上，我躺在床上，脑袋不受控制地开始一遍一遍回放和爸爸在一起的点点滴滴。

我想起小时候每天放学回家，爸爸都会摸摸我的头顶；想起生病的时候，爸爸背着我去医院；想起和爸爸一起熬夜看球赛；想起和爸爸一起开妈妈的玩笑，然后在沙发上一起笑得没心没肺……我越想越难过，这才意识到我是真的失去了一个用生命在我爱我的人，我再也见不到那张慈祥的脸，我再也不能再叫他一声爸爸了。我用被子裹紧自己，不停地哭，哭到眼泪都干了，直接晕了过去。

我很后悔爸爸在世的时候从来没有表达过我对他的爱、对他的依赖，总是和他保持着一种莫名的距离，但一切都晚了，当我明白这一切的时候，已经失去了机会。

有句话说得好，我们总是把自己最好的一面给了陌生人，却把最坏的一面给了最亲的人。人，要在都安好的时候互相珍重才对，尤其是对父母，多一点主动的关爱，也许会让以后的日子不再那么后悔。

37

我妈嫁给我爸之前是一位娇小姐。她是家里最小的女儿，有三个哥哥，从小就是家里关注的焦点，被外婆外公视为掌上明珠。

母亲刚过门的时候，连一道像样的菜都不会做。但是我爸告诉我，我妈虽然看起来很娇弱，却是一个很坚强的女人，天不怕地不怕。

两个人结婚不久后，我爸患上了鼻咽癌，当时正是我爸烟瘾很严重的时候，他知道自己病了也不收敛，于是我妈严防死守不让他抽烟。我爸当过兵，脾气比较烈，好面子，经常有战友来家里看他，难免会抽上几支，但是我妈不管，那么知书达理的一个大小姐也敢直接跟他撕破脸吵起来。我爸和他的战友对此不得不服。

后来因为我爸工地事故不小心伤到了腿，不能再出工干活，全家人只能靠着微博的补偿金过日子。

在我们家最困难的时候，是我娇气的母亲扛起了整个家庭的重担。

她在家里的天台上弄了一个小小的菜园子，种了好多空心菜、芥蓝、丝瓜之类的蔬菜。菜园的土都是她自己背着框去野地里挖回来的。她还自己抹了一些水泥，砌了一个蓄水池，用来浇灌菜地。

她还自己学习炒股，看不懂股票，就报了一个学习班学习投资知识。没一年多，就小有盈余，于是她拿钱买了一个大冰柜，到街上去卖冰棍，又赚了一些小钱。

后来不知道她听谁说的，说海狸鼠的皮可以卖高价，她就用天台上砌起来的蓄水池养殖海狸鼠。海狸鼠的饲料是馊了的玉米压成的粉。她又跑遍了整个市，去买那些卖不出去的烂玉米，然后忍着恶心把它们搅成碎末给海狸鼠吃。

就这样，我妈支撑着我从小学一直读到大学毕业，总是给我最好的，没有让我受过半分委屈，也从来没有让别人瞧不起我。

这就是我的母亲。她用她的行动教会了我，在生活面前，为了心爱的人，为了家庭必须要做出改变，也许很多事情不会做，但是并不代表学不会，只要一心一意为这个家好，就一定能想办法做到。

38

我不到一岁的时候，父母就离了婚，之后各自再婚。我被判给给爸爸抚养。因为父母离异，我从小就觉得自己是跟别人不一样的，所以很敏感，特别怕别人瞧不起，怕别人有的我没有，怕我有的又不是最好的。

上小学一年级，学到拼音的时候，老师布置作业，让我们回家做一个可以翻页的拼音卡片册。我告诉爸爸后，也不知道他从哪里找来了很多硬纸壳，给我做了一本比书包还要大的卡片册，用粗铁环做的活页环。

我当时只是觉得太大了，不方便携带。带到学校去后，我发现同学基本上都是去文具店买可以翻页的小册子，轻便好用。我当时觉得特别丢脸，回家后朝着我爸乱发一通脾气。我继母看不下去了，就说我不知道感恩，爸爸花了很多心血才做好了那个卡片册。我一句也听不进去，还骂继母“恶毒”，气得她半天说不出来话来。那个卡片册我用过几次后，被我不知道扔哪儿去了。爸爸什么也没有说，默默地给我重新买了我想要的小本子。

后来，开始流行跳皮筋，每个女孩子上学的时候都会带着一根皮筋。我也想要皮筋，爸爸不知道从哪里弄来了一条特别长、特别粗的黑皮筋，据说是用轮胎剪成的。爸爸说这个皮筋特别结实，不会像其他的皮筋那样，价钱贵，而且用不了几次就断了。可是，当时的我爱臭美、爱比较，我就觉得这个皮筋一点也不好看，也不精致，非得让我爸给我买漂亮的皮筋。那条黑皮筋我从来没有带到学校去，只在家里玩的时候用。黑皮筋其实挺好的，但是我就是不好意思拿出去。直到有次朋友来家里玩，看到我这个皮筋以后，觉得特别酷，也想要，我这才愿意把皮筋带到学校去玩。

这样的事情其实还有很多。小时候，我很不懂事，总是嫌弃爸爸给我的任何东西。直到长大后，我才知道，那些都是他认为最好的东西。

39

之前，我和爸爸闹过不小的矛盾，因为他成功地拆散了我和前男友。我们是异地恋，相爱了六年，结果就在快要定下终身大事的时候，被我爸棒打鸳鸯了。

当时，我爸告诉我，那个男生心眼不好，而且对我也不是那么好。我那个时候哪里听得进去他说的话？因为这件事情，我完全无法和爸爸交流，基本上是一说话就开始大吼大叫、掀桌子摔碗，以至于和他将近半年没有说过一句话。

直到前男友和我分开半年后就结了婚，我才真正意识到我爸说的话是对的。我们之间的关系渐渐缓和。有一天回家，我妈给我一个U盘，说：“你爸给你下载了不少电视剧，让你没事好好看看，看看人家为人处世的方法。我和你爸都年纪大了，能帮你的不多了，你自己得慢慢地学着会看人，会处理事情，总不能一直这么下去，到最后被人欺负，我和你爸就帮不上你了……”

我突然就想到一句话，“父母之爱子，必为之计深远”。爸爸宁可让我恨他、不理他，也不愿意让我和一个渣男在一起。这个世界上唯一不会骗我的男人，也许只有爸爸了吧。

40

我爸对我的爱，让我觉得从小就像生活在蜜罐里一样。

小时候，他爱和我抢电视看。他在沙发上用一只手就制服了我，最后把腿压在我身上，自己美滋滋地看电视。

有一次，他喝多了回到家里，我正因为想要一件新裙子跟我妈闹得不可开交。我妈扶我爸进门的时候念叨了一句：“你家闺女太不听话了，明天就给她装袋子里送人吧。”我爸听了，一把推开我妈，大骂了一句：“谁敢动我们家宝贝，我跟他拼命！说！谁！”我和我妈都愣了几秒，然后哈哈哈大笑起来。等我爸酒醒后，我们跟他说这件事儿的时候，他死活不承认，说自己是个斯文人，不会动手的。

长大以后，我读的高中要住校，于是就离开了家。还没一个星期，我妈就打电话跟我说，我爸天天瞅着我的床发呆，我当时心里特别酸。暑假的时候，我要和同学去旅游，不愿意报团，准备自由行。我爸怕我们遇到坏人，死活不同意，但是他拗不过我，我走之前天天计划着要偷偷买票跟着我去。

大学之后，我离家更远了，一年也回不去几次。每次他想我的时候，总是撺掇着我妈给我打电话。电话刚接通，他就找个事由打断我和我妈，自己接过电话跟我通话。为此，我妈还和他闹过好几次。他的说法是，这样女儿就是嫌弃你老是打电话烦她，就不会烦我了。真是幼稚得可爱。

直到现在，我和爸爸的感情特别好。我们一起走在街上的时候，我都会挽着他的胳膊，或者手牵着手走在一起。邻居们看到了都会很羡慕地和我妈说："你家女儿和他爸的感情真好，我家那个早就不会再让我们牵她的手了呢。"

那个时候我才知道，不是所有的父女都像我们一样，心中的幸福感不由得爆棚了。

41

我在美国留学的时候，收到了爸爸的电子邮件，标题是"十万火急"。我当时有点纳闷，爸爸可是个电脑盲啊。我打开一看，内容是："发几张照片给我看看，想你了。"

我泣不成声，决心学成就回国，以后好好孝顺爸爸。

42

虽然家境一般，但是爸爸从来没有让我受过一点委屈。他经常塞给我零花钱，有的时候还会克扣我哥的零花钱给我。一直到高中，我的零花钱都比别人要多一些。后来我考上了北京的大学，他常常怕我在大城市里钱不够花，时不时地就给我打一些钱，还一直叮嘱我说，该吃吃该喝喝，别亏待了自己，钱不够了就跟他说。

他从来没有打过我，很少对我说很重的话，用他的话说，女儿就是用来宠的。

后来，我大学毕业了，回到家里工作了一年。最终，我还是想要出去闯一闯。我离开家的那天，是他 50 岁生日的第二天，那是我第一次看到他哭。

在外工作后，他也总是担心我被人欺负，担心我受苦，打电话的时候总是问我钱够不够花。每次打电话，我心情好的时候，他就会跟着心情大好。我心情低落的时候，我妈说我爸接完我的电话，连着几天都睡不好觉。

有的时候因为工作太忙，忘了给他打电话，再打过去的时候，他总是会像小孩子一样不满又带着些许兴奋地对我说："死丫头，这么久才给你爸打个电话！是不是都快把你爸给忘了？"

我回他："那你可以给我打啊，你为什么不给我打呢？"

他支支吾吾半天不说话，但其实我知道，他是怕我嫌他烦。有次我妈跟我说，我爸跟她抱怨：“不知道为什么，别人家跟孩子打电话一打就是好几个小时，我和咱闺女打电话十分钟就没话说了呢……”

他明白我们之间的距离会原来越远，能说上的话也越来越少，因为他怕受伤，所以他希望我可以主动。父母的爱，渴望陪伴和亲近，却又小心翼翼。每次想起来，幸福满满，却有点想哭。

43

我一直认为父亲是一个极为冷漠且易怒的人。他成天在外面喝酒，不然就是通宵打麻将。我记得母亲出差，嘱咐他照顾我，但他一出门就忘了我的存在，也不记得中午回来给我做饭吃。他不会给我买任何玩具，更不会陪我一起玩。在我的印象里，他总是对我板着脸，说话的语气也总是很凶。

后来有一天深夜，妈妈的胆囊炎发作，便第一时间通知父亲。当时手机还没有流行，大家用的基本都是寻呼机。我妈一连呼了好多次，才接到他的电话。父亲却跟我妈说，只有四个人在打麻将，不能走。于是，我去外公外婆家叫人过来，才把我妈送进了医院。我妈因此要跟他闹离婚，冷战了好几个月，后来在爷爷奶奶和外公外婆的劝说下，才带我回了家。

上初中之后，也许是到了叛逆期，我常常会因为一些小事就和父亲大吵大闹，关冰箱门用力一点会吵，吃饭的时候动静了大了一点会吵，看电视看不到一起去会吵。我总是觉得他就是看不惯我，我做什么都是错的，所以越来越不愿意和他相处，如果妈妈不在家，我就自己跑去爷爷奶奶家或者外公外婆家住。

偶尔和我爸一起上街的时候，遇到熟人就会问："你儿子啊，这么大了，在哪儿上学啊？"

这个时候他一脸茫然地扭过头看我，问我："你自己说，你在哪儿上学？"

我当时心里难过极了，他连我在哪里上学都不知道，他到底算不算是一个父亲呢？

高中时，我的内心更加反叛，完全不想读书，为此不停地跟父亲争吵，也开始跟母亲争吵。我有好几次都想退学，后来在母亲的苦苦劝说下才勉强同意继续读书。

渐渐地，我发现我爸发生了改变，我不知道是不是我妈跟他说了什么，他开始常常在家里吃饭，而且开始学着做饭，虽然做的东西并不是我喜欢吃的。他出差的时候，也会记得给我带礼物，虽然那些东西我平时根本也用不着。

高考结束后，我考上一所外地学校。临走前，有一次我和我妈聊天，她说其实我爸也不容易，一个人要挑起整个家庭的重担，他工作很努力，为了工作所以应酬很多，不能抽时间照顾我们。回到家以后，他也想要放松放松，所以对我的关心就少了许多。后来，他也曾为此苦恼过，他知道他一直都不是一个好父亲。而且，由于错过了我的成长期，现在要想弥补已经来不及了，何况他也不知道该怎么做一个好父亲。

这些话我第一次听到，心里很不是滋味，因为我也从来没有去了解爸爸到底是怎样的一个人，只是一味地怨恨他对我的漠视。

入学后的一天，我给我妈打电话，打了好几通都没人接，然后我犹豫了好半天，才拨通了爸爸的电话。刚一接通，我就听到电话那边传来一声：“喂！儿子啊！怎么了？”

我当时就捂住嘴哭了出来，长这么大，我真的是第一次听到他叫我儿子，虽然很晚，但是我终于还是等到了这一句。

现在，爸爸没事儿的时候就待在家里看电视，哪儿也不去，用我妈的话来说，就是快要变成一个老宅男了。我爸每次都只是笑笑，但我知道他是因为我，才做出了这样的改变。虽然他也会担心我，但他只是把他的想法告诉我妈，再让我妈转达给我，自己却什么都不说，只是默默地承受着一切。

如果这世界上有一种感情，可以让人为之彻底改变，那就是亲情。

44

北野武从小性格就比较叛逆，和母亲的关系一直不好。当他在东京闯出一片天地小有成就后，母亲每个月都打电话催他寄钱回家，稍有迟延便破口大骂。母亲去世时，他勉强回家尽点孝道。办完丧事后，北野武的大哥交给他两样物品，是母亲留给他的遗物：一封信和一本银行存折。信里写道：“我儿，你从小生性放荡，我担心你日后一无所有……存折里有一千万日元。”

父母的爱，总是要很久之后，我们才会懂。那个时候，也许他们已经不在了。子欲养而亲不待。趁现在来得及，好好珍惜。

Chapter 4

珍贵的东西，总是慢慢成长

01

诺贝尔文学奖得主马尔克斯，有一年生活极其困窘。为了填饱肚子，他白天坐在广场上，捉鸽子带回家，第一天吃肉，第二天喝汤。

俞敏洪连续考了三年大学，一心只想进北大，不干农活也不出去找事干，村里人都在笑话他。而且，他在第三次高考的时候，仍然不知道自己能否考得上。

那一年，穷得叮当响的郭德纲实在是饿得没办法了，用寻呼机换了两个馒头吃。

身高只有 1.83 米的艾弗森第一次走进职业篮球场的时候，那些人告诉他，你是个很棒的新人，你最终的目标就是每场得 10 分和 5 次助攻，因为你太矮了，永远不可能主宰这里。

余华把小说投遍了全国各个大小刊物，紧接着，收到了来自全国各地的退稿信。但他没有放弃，他继续写，继续投。紧接着，他接二连三地收到了来自全国各地的退稿信。

自从吴宗宪给了一个工作机会后，周杰伦终于不用再去餐厅干活了，于是他写了一些歌，但是没有一个歌手肯唱他的歌。

中国香港，繁重的体力劳动让空调安装员郭富城活得非常累。新加坡人阿杜在建筑工地的日子，也好不到哪去。电器销售员梁朝伟的理想是当销售经理。

岩井俊二的女朋友问他："你有多少钱？"岩井俊二说："我没有钱。"然后，他被甩了。

陕西农村，陈忠实在接到编辑对《白鹿原》的肯定后，笑着说终于可以不再养鸡了。

有一天，豪华酒店来了辆劳斯莱斯，擦车小弟趁人不注意，拉开了车门，想坐上去感受一下。这一幕却被领班看见了，领班把他叫过去训斥了一顿："就凭你也配坐这种车？"受了屈辱的擦车小弟暗暗发誓："我不仅要坐，而且还要买！"后来，这个擦车小弟成为香港明星，一口气买了五辆豪车，其中就有一辆劳斯莱斯。这个擦车小弟叫周润发。

很多年以前，有几个热爱音乐的年轻人，拿着吉他去了唱片公司。唱片公司的老板听了一会儿，跟他们说："木吉他的时代已经过去了，我认为你们是绝对不会有前途的。"后来，这几个外国人给他们的乐队取了个小动物的名字，翻译成中文叫甲壳虫。

莫言曾经说过："最艰难的时候是走上坡路的时候。"每一个优秀的人，都有过一段难熬的时光。如果你的生活很艰难，那么不妨记着——越煎熬，越成长。

最暗的夜，才能看见最美的星光，人生也是如此。

你的人生，终将闪耀。

02

刚工作没多久，我就被同学骗过去做传销，我一看情况不妙，待了八天就跑了。来到广州，结果一个多月都找不到工作。我只好又来到东莞。没钱租房，晚上花五元睡通宵投影厅，后来吃饭都成问题时，就在草坪上睡。有几天在医院的住院部走廊上过夜，睡在产房外面的长椅上，有时也为别人生儿生女高兴。这是我摸索出来的，只有产房外面一天二十四小时有人，医院保安不会询问你的。

就这样过了一个月，整天吃馒头和包子，早晨到建筑工地的水龙头下刷牙洗脸，中午把洗好的衣服挂在路边的树上晒干。实在受不了的时候，就吃份 2 元钱的炒米粉。

后来实在没办法，我就准备进工厂工作。但是，进厂需要卡牌押金 50 元。无奈，我只好找厂子附近的日用品店老板借了五十元钱。店老板很爽快，没有要我的身份证做抵押，借了我 50 元，还让我在店里赊账买了日用品。慢慢地，我就这样熬过来了，到如今，有了自己的工厂，也算是事业有成。想起当初，我是恨不得撕了我那同学。不过，一切都过去了，现在想想，也算是一种独特的体验。

那时，家里欠了不少债，眼看快过年了，我压根就没有打算回去。人穷困潦倒，气色也很难看，找工作的时候，人家一看就不要我。其实，我女朋友当时就在东莞，也不远，我硬是没有去找过她。好不容易进了工厂，我就去看看她，结果就分手了。那天，我借了别人的一辆破自行车，没有后座，座垫用黄胶纸包了又包。估计这副样子吓着她了。她请我吃了一碗水饺，放了很多葱。我吃得很香，结果一吃完，我就挨训了。她的话我至今都不愿意想起，太伤自尊了。回去的时候，自行车胎又破了，我一边流泪一边推回去的，整整走了一个多小时。然后，我就再也不吃小葱。

回想起过去，我觉得那段日子使我变得更坚强。在那段最艰难的日子，我连失恋的痛苦都顾不上，因为生存才是最重要的。

现实生活中，贫困离我们就是这么近。当生存成为一种信念时，其他的也就不那么重要了，我发誓要让自己过上好日子，不再害怕挨饿，无论任何人离开我，都能自己坚强地活下去。

03

13 岁那年冬天，天下着雨，我徒步行走 80 公里后，在深夜到达一个小火车站，准备扒车去投奔父亲。口袋里只有 1 元钱。

“老板，包子多少钱一个？”

“1 元。”

摸摸口袋，又问：“那瓜子多少钱一包？”

“1 元。”

我想了想，包子一口就吃完了，瓜子却可以吃很久。

“那买包瓜子吧，老板。”

04

最苦的时候，已经不敢回首，因为心会痛。慢慢走了出来才知道，那段时间是我一生中最宝贵的财富。

那一天，干了一天的苦力，顶着星星，骑单车回住的地方。我一边骑车一边想，这应该是我最糟糕的时候了，以后不管怎么样，都会好过今天。

从此以后，每到困境或者到了顺境，都会想起那一天，生活就变得有了意义。

我一直时刻记着这句话——暖不忘寒，饱不忘饥，富不忘贫，达不忘本。

05

大一的时候，整个宿舍的女生都喜欢玩游戏，花钱也大手大脚，开学一个半月后，都穷得不行了。没办法，我们只好买馒头就榨菜吃。当时，我们八个人每个人提了一大袋子馒头，走在校园里，回头率相当震撼。有一位舍友的话我至今都记得。他一边啃着馒头一边跟我说："先别喝水，把馒头吃下去再喝，这样就把胃撑起来了，就不饿了。"最惨的那几天，我一个星期就吃了两包方便面。没钱打开水，就只能喝自来水。没有菜，就把方便面里的蔬菜包用凉水泡开吃。没有热水，就拿个水杯去饭店要点热水泡方便面。没有烟抽，就去拣烟蒂，把烟蒂里的烟丝倒出来，然后用报纸卷在一起，当旱烟抽。

这样的苦日子过了半个多月。后来有了生活费后，我们做的第一件事就是买了许多方便面和香肠放在宿舍，都饿怕了——这样看着很有安全感。

06

小时候家里很穷，连菜都吃不上，用酱油拌饭是常有的事情。当时我还小，觉得不饿肚子就已经是幸福。

真正困难的时候是在大学。家里虽然穷，但学费还是勉强付得起的。问题是，我高考的志愿是按自己的兴趣填的，选择了自己喜欢的基础科学，但是就业比较困难。我很迷茫，读研究生的话，父母肯定是供不起，而且我已经成年了，也不好意思再麻烦家里了。出国留学的话，要交 1 万的培养费，而且考 GRE 和托福的费用也很贵。当然，我还可以修双学位，但是费用不少，家里很难承受。后来，事情发生了变化。第一，培养费取消了，第二，我暑假的时候在科学院工作了两个月，发现那里的条件也一般。思前想后，我决定孤注一掷，放弃找工作的最佳时机，放弃保送研究生的名额，申请出国。我用大四的学费搞了一个信用卡，然后通过透支支付申请费，因为透支额度很小，所以很多学校的申请费也没有交，就直接把申请材料寄了过去。这恐怕就是所谓“裸申”吧。那个学期经常就只能吃馒头和开水了。因为怕父母担心，怕同学笑话，所以所有的一切只能自己忍受，很多时候还要强颜欢笑。那年春节前回家的时候，买了车票就身无分文了。回首那个冬天缩在寝室里吃馒头和喝开水、被银行催着还钱的日子，真是辛酸。后来，向父母坦白说自己没有交学费的时候，父母那担心而悲伤的表情让我永生不忘。妈妈说："孩子，你生在穷苦人家。要是父母有钱，你到哪里读书都可以，想怎么飞就怎么飞，穷人家的孩子再聪明也没有用的。"父亲说："读了四年书，大学毕业证还是要的，就算是借也要把学费补上。"

后来，我拿到了两所学校的 offer，在毕业前补上了欠下的学费，拿到了毕业证和学位证。毕业典礼的时候，父母都没有来，因为路费太贵。当时，父母一直很担心："孩子就要去美国了，美国的学费更贵，怎么办啊？"虽然我多次向他们解释，奖学金足够我在美国的花费了。他们不信——一辈子就待在那个小城的农村，他们对外面的世界充满了怀疑。

现在，我来美国已经好几年了，整天忙碌，但日子不像以前那么窘迫了。家里的债务全还清了，父母终于有钱买台电视看看了，之前家里唯一的电器就是电灯。最近，家里装上了自来水，再也不用喝受污染的井水了。虽然如此，我还是很牵挂，觉得自己对不起他们那么多年的辛苦。

时至今日，我还保留着以前的钱包，十分破旧，已经脱线得不成样子了。每每见到它，我总想起那些曾经的那些不堪回首的日子。

我一直认为自己只是没钱，而不是穷。真正的穷，是会剥夺一切人的特质的。也会把人最深处的本质暴露得一览无余。

后来我慢慢发现，穷，它一直青睐惧怕他的人，越惧怕穷的人就越穷，而鄙视穷的人往往不再受穷。其实，一个人物质上的穷并不可怕，可怕的是精神上的穷。一个人精神上穷了，不仅抛弃了自己，而且也会被所有的人抛弃。

生而贫穷没什么可耻，可耻的是一辈子都穷。

07

刚上大学的时候，花钱毫无节制，开学前两个月疯狂花钱，结果离放假还有两个月的时候就弹尽粮绝了。没办法，只好成天蹭饭，看见谁的饭卡有钱就跟谁吃饭去。全班无论男生女生，都让我吃了个遍。有时候，实在没人可以混吃了，就随身带着勺子，站在宿舍楼道口，看见有打饭回宿舍吃的就挖一勺。那段时间，吃的真算是百家饭。

从学校毕业后，我毅然决定只身南下。家里早为我找好了公务员的工作，为此我和父母彻底闹翻。我带着理想来到了陌生的城市，幼稚地以为可以马上找到工作。

随着口袋里的钱一天天变少，我才知道必须要在钱花光之前找到工作。那时候，我住的是地下室里最便宜的集体宿舍，6个人一个房间。夏天蚊子成灾，可是我买不起蚊帐，那些在室友蚊帐外徘徊许久的蚊子不得不把我当作攻击目标。我搬走的那一天，看了一眼挨着我的床的那面墙，从下到上布满了密密麻麻的血点——全是我的血。

一开始手头宽裕的时候，我就吃3元一份的炒面，一天一顿，但每次吃都闹肚子。我吃了整整一个月。当时，最大的花费不是吃饭和住宿，而是昂贵的人才交流中心门票。一张大型招聘会门票就会花我一个星期的饭钱。终于有一天，我口袋里面只有 1 元钱，一个人在一个没有任何亲朋好友的城市。我参加完最后一个面试，没有钱坐车，只能从城市的一端走到另一端。时间已经是黄昏，路灯慢慢点亮，高耸的大楼也逐渐亮起了灯。那么多房间里亮着灯，那里应该是温暖幸福的吧？这么大的城市，却没有一个角落是属于我的。如果这次面试再次失败，我就会没有饭吃，可能会犯罪或者饿死。幸好天无绝人之路，第二天公司就给我打电话，通知我被录用了。后来，这所公司的经理问我："你知道为什么用你吗？你没有经验，非常拘谨。比你优秀的应聘者很多。可是，你临走你说了一句话：没有这份工作我会被饿死。"是的，正因为如此，我做这份工作会比任何人都努力。

回过头来看，人生真的很曲折，每当想用钱去高消费的时候，我就会想起以前的日子，告诫自己要珍惜。

我们每个人都不容易，都会有困难的时候，但一定要坚持要忍耐，总有一天，你会找到属于自己的那份幸福。

08

也许是上天眷顾，每次穷途末路的时候，我总能很顺利地熬过去。

上大三的时候，我一分钱都没有了，碰巧捡到一张 5 元的钱。吃中饭花了 4 元钱，剩下 1 元钱准备下午坐车去一个亲戚家借点钱。结果，到了亲戚家一直不好意思开口。第二天，我和表叔一起回学校。告别的时候，我正为下顿饭的下落发愁的时候，表叔主动给了我 100 元钱，两张 50 元的，至今记忆犹新。

念硕士的时候，兜里只剩下 10 元钱，烟还有 2 包。幸好饭卡里还有几十元钱。当时，有个朋友来我宿舍下象棋，拼命抽我的烟。每当他把罪恶的手伸向我心爱的香烟时，心里就疼得如同针扎。就这样熬了 2 个星期，那 10 元钱在我左边的裤兜里放了 2 个星期，打算留在最后关头用的——买包便宜的香烟和 10 个馒头，一直熬到发津贴。没想到我的好运又来了。那是一个阳光明媚的中午，我的一个师姐来了，带给我 3000 多元钱，是我很久以前的劳务费。我掏出兜里的救命钱，发现它依然坚挺挺括，折叠得非常整齐。

读博士第一年的暑假，我给一名校友干活，挣了 5 万元钱。当时，我拿着崭新的钞票，内心充满欢喜，心想以后可以安心写博士论文了。然而，人算不如天算，第三年春节的时候，我身上只有 100 多元钱了。当时，论文进入冲刺阶段，我每天都要熬夜到凌晨三四点。但躺在床上却怎么也睡不着，幻想第二天要是被车撞伤就好了，这样论文就可以名正言顺地拖延一下。

屋漏偏逢连夜雨。我的一个好朋友刚结婚，非要在大年三十晚上飞赴首都，炫耀一下漂亮妻子。人家新婚燕尔，我虽然不情愿但是也无可奈何。可是，我连请他们吃顿饭的钱都没有了，只能厚着脸皮表明自己是穷学生，只陪玩，不包食宿。好不容易熬到了正月初六，我把他们送上了机场大巴，还很有风度地给他们买了车票。回来的时候，身上只有两元钱，连包烟都买不起了。饭可以不吃，烟不能不抽！最后，生存的本能冲动战胜了虚荣，我打电话给校友老板，打算借 1500 元。当年我给他打工的时候，我为他赚到了第一桶金。他倒很够义气，马上给了我 1 万，并且告诉我不用放在心上。这笔钱让我花到 7 月份毕业还剩 2000 多元。我对他至今依然非常感激。

如今，我也有了自己的公司。这些经历使我相信，吉人自有天相，车到山前必有路，不要太把苦难当回事。同时，也让我懂得，艰难和痛苦是无法避免的，但是我们可以选择面对它们的态度。

09

吃完大学散伙饭后，大家都离开了学校，而我最后一个离开。因为我还欠着学费，没拿到毕业证。工作很难找，每天疲惫地奔走在街头，渴望明天会有奇迹。一个月后，被学校赶出宿舍。住在 2 个同学租的小屋子里，我睡在客厅，还好，天生不怕蚊子咬。

也许爱面子，身上最后 30 元钱的时候，硬是没有向同学借钱。他们上班去了，我每天睡到中午起床，去发简历，去跑面试。每天在马路上的一个小摊上买 1 元钱的煎饼，晚上同学回来后，问我吃饭了么？我说吃过了，从来没有告诉他们，我每天就是吃 1 元钱的煎饼。

比贫穷更可怕的是绝望，不知道这 30 元钱能撑几天？晚上一直睡不着觉。那种状态，真是绝望。因为已经借了 1500 元了，我不能再借钱了。

一天，一个同学从广州回来，也是没有找到工作。他借了 250 元给我，我下定决心，准备逃票去深圳，那种绝望、赌博的心里至今感到恐怖。

也许人生就是这么偶然，下午 4 点，一个在我看来是不可能的大公司竟然打电话让我去面试。我毫无信心，背着包就去了——我打算顺路去火车站。

让我意想不到的是，那位部门经理问了我半个小时。我说："我没有毕业证，因为欠学费，我没有工作经验，但是我很优秀，我相信自己能够胜任这份工作。"他沉思良久，突然说："你去办手续吧。"我足足愣了半分钟，没反应过来。就这样，我找到了工作。

五年后的今天，我已经成为公司不可或缺的骨干。我想，这是我一生最奇妙的经历。每次想起都有点伤感。

人，总是要吃点苦，才知道拼搏的意义。

10

那一年的冬天，感觉特别的冷，前妻和别人开了一家培训公司，几乎都在出差，那时她已经有外遇了，只是我不知道。我刚从一个单位离开，所有的钱都支持老婆开公司和付了家里租房和开销，我就没钱了。

老婆开培训班的第一门课程是我写的课本和我去讲的，讲了三天，公司收入五万。

冬天她去出差，留了 100 元给我，结果，她出去了很久……

我每天早上得起早，因为早餐摊的豆腐脑和馒头比较便宜，我早上花 2 元，然后一天就不能再吃东西了，这样直到还剩 3 元的时候妈妈来看我，给了我 200 元钱。

她那时可能已经决定要离开我了，不让我用家里的电话，我找工作打电话不管刮风下雪还是深夜也要走很远去打电话。

现在前妻的公司已经办得很大了，资产早就过千万了。

我觉得最让我痛苦的不是穷而是悲伤。现在我也过得很好，但是真难忘记那个无助凄惨的冬天，至今历历在目。

11

人人都有穷途末路的时候，如何渡过难关，是一件有意思的事情。下面是我和一些朋友的亲身经历。

大四的时候，我身上一分钱都没有，饿得实在受不了了，就拿着吉他跑到大排档，让人点歌，一首五元钱，一晚上挣了一百多。当天晚上吃的那顿饭，我觉得无比好吃。

正没钱的时候，学校的四个门口有发试吃的饼干，路过就给你一袋。我绕着学校走了两圈，拿了 8 袋。晚饭解决了。

找工作的时候，每天都是走路，舍不得坐车。因为没钱，中午只能买一斤橘子填饱肚子。有一天，我站在同学公司门口等他下班，有个人走过来问要不要卸车。也许是我当时穿得很寒碜，被当作农民工了。卸完货物，我拿到了 30 元钱，晚上请同学在小饭馆吃了一顿饭。

多年以前，我家刚盖完新房就过年了。办了年货，添置了新衣服，到初二那天要去走亲戚的时候，家里只剩下 1 元钱了——初一那天爸爸给我的压岁钱。走亲戚总不能空着手去，没钱买礼物怎么办？爸爸低声下气地请求我把这一元钱借给他。我虽然不情愿，但还是给了，结果老爸用这 1 元钱去打牌，一上午赢了几十元钱，于是走亲戚的钱就有了。

那次，我饿了两天没吃过东西了。望着旁边一个不认识的人在吃泡面，我眼睛直愣愣地看着面，口里咽着口水。那人看见了，就叫老板再泡一包面，请我吃。我几秒钟就吃完了，然后把汤都喝光了。他微笑着请我再吃了一碗。一直到现在，这个人都是我的好朋友。

我独自一人来到广州，租了房子后，身上只有 80 元钱。我就用这 80 元钱去买了一把西瓜刀、一个竹篓和一个西瓜，做起了卖西瓜的小生意。一个西瓜进价 2 元钱，可以切成 8 到 10 块，1 元一块，每个西瓜可以赚几元钱。就这样，不知道怎么的，几个月下来还存了几千元钱。这笔钱后来都给了妈妈。我结婚的时候，妈妈又把这笔钱的存折放在箱内给我做了嫁妆。

如果你年轻时受穷，说明上天厚爱你。

12

有一次，一个男的跟我聊天，说很爱一个人，但是那女的不爱他，人生最痛苦的事情，莫过于此。我说这不是最痛苦的，没钱吃饭才是最痛苦的。在我的人生中，有数次遭遇绝境，但都奇迹般地化险为夷。对于穷，我有着刻骨铭心的体会。

刚参加工作的时候，工资才1000元，而且4个月没有发工资。那天，我身上只有3元钱，第二天上班坐公交车1元，剩下2元钱。下了公交车，饿得不行，但是蛋炒饭要3元钱，差一元。我苦思冥想了半天，最后还是决定先吃饭，吃完了再说。那天也巧了，正好碰上城管检查，我吃完没给钱，那些人就跑了。

有一次，我饿了两天，实在受不了了，就去献血站抽了200cc血，换了一包饼干。

还有一次，我又断炊了。饿得不行的时候，突然发现抽屉里还有一张很久没用的银行卡，估计里面还有点钱，销了户，发现里面还有十几元钱，高兴坏了。靠着这十几元钱，我熬过了最艰难的几天。

13

几年前，我从杭州的公司辞职，重新找工作。寄出了很多简历，面试了很多次，却一直没有下文。当时，我和女朋友手里加起来只有

10 元钱，我记得很清楚，一张 5 元的，四张 1 元的，还有两张 5 角的。房租也拖了三个月了。

有一次，我回家看见女朋友在炒菜，觉得很奇怪，钱从哪里来的？原来那天下午，她把心爱的储蓄罐打破了，取出了里面仅有的 30 多元钱，买了一个煤油炉、锅碗瓢盆和菜。靠这个煤油炉，我们坚持了一个月。很难想象，她这么一个漂亮姑娘经常拿着可乐瓶去加油站买 5 元钱油的情景。

终于，有一天德国的一家公司通知我被录取了。电话那边的人事问我的一句话我至今不忘，她说："开心吗？"我当时觉得这句话是我一辈子最温暖的话，因为我太开心了！

现在，我们的生活算得上富裕，但我们时刻都怀着感恩之心，感谢那些帮助和鼓励过我们的人！我相信，曾经经历过贫困生活的人，一定是最坚强的人，也一定能够成功，只要你有必胜的信念。

14

那年在南京，我开了个小公司。刚刚起步很艰难，每天同老婆很晚回去，就是在路边吃点米粉、凉皮什么的，那个时候感觉很好吃。

那天身上只有 20 元钱，明天要发员工的工资了，还不知道怎么发。老婆说要吃东西，她很饿。我们就一起出去买了个西瓜，用塑料袋兜着提回家，结果走到一半的时候，袋子破了，西瓜掉在地上，裂开了。老婆伤心地蹲在地上哭了，她说想回家。我也哭了。

身上还有10元钱。晚上痛定思痛，第二天告诉员工，工资要缓几天。当时，我决定把公司转让出去。晚上，身上还剩几元钱，我就出去吃了一顿凉皮，感觉从来没有的轻松和开心。我拉着老婆的手说，我们回去。

很幸运，第二天有人愿意接手公司。我请几个合作伙伴吃了一顿龙虾，然后把他们的股份都还给他们，亏本的钱都由我来承担。

后来，渐渐生活改善些，也远离了这些艰难日子，但是我从来没有忘记过这段难忘的日子。我认为它可以时时鞭策我更努力前进。现在，开车带着老婆去饭店的时候，老婆有时候说她还是喜欢吃炒米粉，因为从南京的时候喜欢上的。

苦难会过去，困难是暂时的。艰难困苦，玉汝于成。只有经历过，才会更珍惜现在。切记，爱过才知情重，饿过才知饭香，苦过才知珍惜。

15

读大学的时候，男朋友的妈妈突然把他叫到广州去上班。当时他已经毕业，而我在读大四。突然的分离，让我们很难受。我们经常用手机打电话，一打就是一晚上。因为他手机是长途漫游，结果第二天欠费，欠了三百多话费。没有手机很不方便，第二天我去帮他缴费。

翻遍全身，只有一百多元钱。我脸皮很薄，不愿意借钱，但是为了他，我豁出去了。不好意思找宿舍的姐妹借钱，便厚着脸皮找了在同城另外一个大学读书的表姐借钱。

去了移动大厅交完钱，我很高兴地走在回学校的路上。当时是夏天，经过数小时的折腾，我又累又渴。路边的小摊有卖水的，1元钱一瓶。我站在那里，第一次为了一瓶1元钱的水犹豫了很久。后来想到自己没钱了，而且下个星期的生活费还要用来还给表姐，我咽了咽口水，转头走了……

回到寝室，我渴得不行了，等不及烧水，就拿着杯子冲到水龙头下，接了一杯自来水，一口气喝了下去，那是我第一次喝自来水。

这件事过去很多年了，每次想起来我还是会觉得很心酸。后来，男朋友为了我，回到了我的城市找工作。但是一切都很不顺利，我大四毕业的时候，他还没有工作。家人劝我不要跟他在一起了；他妈妈看他在这边一直没找到工作，要他回老家接他爸爸的班。他想跟我在一起，就没有回去。于是，他妈妈使出撒手锏——断绝了他的经济来源。当时所有的人都在拆开我们，只有我们自己在坚持，压力非常大。最痛苦的时候，他打电话给我，一接通，我们两个都没说话，都哭了。

后来，他终于在这个城市找到了一份工作。那天是我的生日。知道他找到工作了，我比他还开心，陪他买衣服，买领带，剪头发，忙到晚上12点才回家。虽然很累，但是很开心，觉得终于可以摆脱双方父母的压力，在同一个城市奔向我们的未来了。

三个月以后，他工作渐渐入佳境，但对我却越来越冷漠。最后，我才知道，原来他和别的女人好上了。我觉得这辈子的眼泪都在那时候流干了。

现在，已经过去五年了，他还在那家公司，年薪数十万元，而我已在国外工作生活，再也不会为了买不买一瓶水而在炎炎夏日里纠结半天。但是，我想再也不会有人像我那样真心对他了。

16

我刚大学毕业的时候，弟弟也刚考上大学，为了交学费，不但花光了家里的所有积蓄，还借遍了所有的亲友。刚开始，我的工作并不顺利，半年换了三四份工作。快要过年的时候，我病倒了，被迫放弃工作，回家过年、治病。当时，我病得很厉害，很担心自己能不能渡过难关。家里已经如此困难，我不但不能帮衬，反而还病倒了。我的内心极乱，有种万念俱灰的感觉。

回到家里，虽然快要过年了，但是我的心一片冰凉。家里一贫如洗，债台高筑，连过年都只能凑合，更不用说供我治病了。幸好，我自己省吃俭用存了几千元钱，但是去过几次医院后就花得精光了，病情也没有任何好转。家里急得团团转，我内心也很痛苦，但只能怪自己无用，泪水往肚里咽，怕父母看到更难过。我心想："上天为什么对我家这样不公？父母苦了十几年，含辛茹苦供我和弟弟读书，眼看我毕业了，可以减轻点负担了，却遭此横祸？为什么上天要这样对我，我做错了什么？为什么这个世界，这个上天容不下我！" 在医院一个人打点滴的时候，我忍不住流下泪，心里真的很痛苦。当初进入大学的时候，目光远大，豪情万丈，如今想做一个普通人都不行。在疾病面前，人显得很渺小无力。那时的我开始明白，其实无病无痛，就是人世间的最大幸福。

病情一直不见好转，我已经心急如焚。当时，陪伴在我身边的就只有一台收音机，乡下收到的电台节目很少，大部分时间都是医疗广告。无意中，我听到了一个医疗节目，讲的正好是我这种病。那时，医生和老师一样，还是很受人尊敬的。我也单纯地认为他们是白衣天使一般，是专门治病救人的。其实，他们都是一些专业骗子，在医疗节目里故意吹嘘医术，恐吓病人，如果不马上治疗，就会恶化，后果不堪设想。在百般困难时，我竟然又轻信了这样的骗子，被骗走了2000 多元。这 2000 多元虽然钱不多，但对我家来说，已经是全部家当。在两个多月时间里，我每个星期去两三次，每次都要花 100 多元钱。我经常遭到骗子的恐吓，有时见我没钱，态度极为恶劣，甚至故意弄疼我的患处。我也不敢说什么，因为命运已经掌握在他手里。那段时间，医疗费用基本上都是我母亲含着泪水向她同事借来的。

那时的亲戚，都好像变成了陌生人，没人一个愿意借钱给我治病。家境富裕的伯父，在我生病期间也变得毫无感情，父母想向他借 100 元治病都不肯给，反而是村里有些同情心的人还会借几百元。另外，母亲找同事借了一些钱。就这样，靠到处借钱，我终于挺了过来。

家里已经举步维艰，我心想，再这样下去，整个家就跨了，弟弟也得停学。我下定决心，去了最权威的人民医院，找了个老医生，把那“医生”恐吓我说的话告诉他了。那老医生告诉我，那是吓你骗钱的，这种病没有好的疗法，不可能彻底治好，但病情可以控制住。我心里如释重负，知道自己一时死不了，对治病的信心也强了许多。回家后，我考虑了很久，心想在家拖累父母也是死，不如出去自生自灭算了。下定决心后，我告诉父母，自己的病没什么事了，准备重新出来工作。

走的那天，拿着父母好不容易借来的 500 元钱，我的心情很酸楚悲凉，都不知道此去还能不能回来了。看着送行的妈妈，一时又不舍：“妈，你放心我出去打工吗？”

妈妈听了说：“那你不要去了，回家，妈继续养你！”我的眼泪也下来了，但我知道，回去是不可能的。车刚好也来了，我含着泪，咬咬牙，跳上了车，头也不回。车很快就开了。

就这样，我又回到了这个曾经失败、跌得很惨的城市。刚开始，我住在一个老乡那里。老乡是开糖水店的。当时是夏天，他们在下边煮糖水，我住在上面，像火炉一般，热得每晚两三点才能睡着。每天睡眠时间只有三四个小时，到了七点就得起床去人才市场找工作。经历几次失败的面试后，我进了现在这家公司。如果再待一个星期还没找到工作的话，我肯定会崩溃，后果不知道会怎么样。

如今，几年时间过去了，弟弟已经毕业工作了，工作很好，待遇丰厚。家里境况好了很多，但生活依然残酷，困难每天都会在继续。

这段经历是我目前人生最痛苦的时期。在此期间，我也明白了很多道理——凡事要努力，要把命运控制在你的手里，只要有一丝希望就不要放弃，置之死地而后生。人生不要要求太多，健康就是最大的幸福。去医院感受一趟，你就会明白什么是幸福，就再也不会那么计较，生活不会那样消极！要好好对待父母，他们永远是最关心你的人，全世界可能都会抛弃你，只有他们不会。我一直很庆幸有一个好母亲，她当时是靠一个月 950 元的工资供我和弟弟上大学的，十年没买过一件新衣服。

17

有一次被高利贷逼债，实在没有办法了，我只好跑到云南，想去那里赚点钱。刚到昭通，身上的钱和手机被抢了。劫匪还算有点人性，火车票留给我了。就这样，我身无分文地来到了昆明。想去做体力活，结果因为高度近视、身材矮小，去工地找活的时候，人家根本不要。

整整饿了三天没吃东西。我浑身污秽，疲惫不堪，坐在云南师范大学门口一个公交站牌下。一对小情侣走过，看到我的样子，男的扔了5元钱给我，对那女的说："人活到这份上，还有什么价值。"

后来，扔钱的人越来越多了，他们把我当乞丐了。一个下午，我收到了大约60元钱。我正要去吃点东西，旁边走过来一个乞丐，二话不说就打我。我当时饿着浑身无力，根本还不了手。就这样，乞丐搜走了我乞讨来的60元钱。当时想死的心都有了，一动不动坐在原地，一直到晚上。那个打我的乞丐路过，见我还在原地，就走开了。过了一会，他拿了个盒饭给我，把钱也还给了我。盒饭我花了不到20秒的时间就吃完了，可想而知当时饿到了什么程度。后来，我死皮赖脸地要跟着乞丐走。结果，我们成了朋友。

后来，我终于联系上了朋友，让他转了3000元钱。我买了一些日常必备品后，还剩下2000元，就给了这个乞丐兄弟1000元。当时，要是没有他，我绝对活不过那个月。

美国作家马克·吐温曾说过："人生在世，必须善处逆境，万不可浪费时间，作无益的烦恼，最好还是平心静气地去办事，想出补救的办法来。辛勤的蜜蜂，永远没有时间悲哀。"感谢上天，让我体会到了辛勤的蜜蜂的生活，从而学会了珍惜。

18

大一的时候，马上就要期末考试了，身上的钱加起来总共两块三毛，银行卡里只有 1.24 元。那时的我很娇气，花钱也大手大脚，经常一天就花几百。虽然家境不错，但我当时发誓绝对不再向家里要钱，也不找朋友借钱，一心想自己来解决问题。我记得那个时候走路一直是低着头的，因为说不定可以捡到钱。

最开始几天，我的饭卡还有几元钱，吃了一个礼拜馒头，身体一下子瘦了 3 公斤。后来饭卡里只有 0.28 元钱，连个馒头都买不起了。复印期末复习资料，要 3.8 元钱。刚巧这个时候连电话费也没有了，电话也打不出去，想找个工资日结的发传单的工作也没有办法。我一筹莫展。在我最苦的那天，校园音乐台一次一次播着《以父之名》，我在图书馆捡到了一点钱，8.1 元钱。如果是一个月之前，我一定会还给失主的，但是现在我不能。交完复印费后，我在对面的超市比了很久的价，买了一包动物饼干，才 4 元钱一袋，够吃三四天。

我用剩下的钱打了个电话，想去应聘学校公告栏上一份问卷调查的工作。那个双休日，我坐着公交车穿越了大半个北京城，去做了一天的问卷调查，现结了 30 元钱。

拿到这笔钱，我先充了手机话费，剩下的钱在机房查现结工作。常常刚考完试，我就去发传单了，一个小时 20 元钱。放假之后，我白天去必胜客或者服装店打工，一般 8 个小时，每天能赚一百多元钱。晚上，我去 711 上通宵的夜班，10 元钱 1 个小时，一周 4 天。

当时，我一边上学一边打工，营养又跟不上，当时感觉身体很吃不消，真不知道是凭着什么撑过来的。我用了两个月的时间，赚到了下一年的学费。后来，我的生活就慢慢好起来了。

那段时间，真的也许是我一辈子最难忘的记忆之一。我是怎么从一个娇气的女孩变得坚强独立的——对于我来说，饥饿真是最好的老师。

19

我出生在乡下，很遗憾，我是一个女孩。据说出生后我爸看了我一眼之后，就把我丢给我奶奶了，而且半个月没跟我妈说过一句话。我妈因为生我，身体损伤很大，不能再要小孩了，更重要的是我妈没有奶水，家里穷得连给我买点婴儿奶粉的钱都拿不出来，怎么可能再养个孩子。

我 5 岁的时候，爸爸随着一群同乡去了深圳打工，从此就再也没回来过，也没给家里寄过一分钱，只留下身体孱弱的妈妈、年幼的我，还有年迈的爷爷奶奶，在家里相依为命。一家人只能靠我妈出去给人家做点缝纫的零活来维持生计。

我们一家四口每天都只能吃榨菜和粥，一年到头几乎没吃过鸡蛋，更别提肉了。但我正是长身体的时候，这些东西根本就填不饱我的肚子，经常半夜被自己肚子的咕咕声吵醒。黑暗中，我能感觉到妈妈颤抖的身体，我知道她在拼命忍住不让自己哭出声，也能听到爷爷和奶奶微弱却格外刺耳的叹息声。

第二天放学回家的路上，我看到爷爷在我们乡里的养鸡场前和场主说着什么，我偷偷绕过去一听，原来是爷爷在求那个场主能不能给他几个鸡蛋，他要带回去给孙女吃。我当时眼泪就流出来，爷爷在我心里一直都是一个很爱面子的人，就算家里再穷也没有向谁低过头求过人。可这次他却为了我低声下气。那一刻，我恨急了丢下我们不管的父亲，也狠狠地发誓，以后一定要挣钱孝敬爷爷奶奶。

回家后，我捧着用爷爷要回来的鸡蛋做成的鸡蛋羹，强忍着泪，一边笑着一边吃了个精光。爷爷奶奶在一旁笑得特别开心，我已经好久没有见到他们的笑容了，而我妈却躲进了屋里。我知道这一切并不是她的错，怪只怪我的人生没能有一个好的开始，但我相信它一定会有一个不太坏的未来。

事与愿违的是，妈妈的身体状况每况愈下，渐渐地连床都下不了。当时，家里所有的积蓄都用来支付我上学的费用。妈妈说，就算饿死病死，也不能不让我读书，所以坚持不去医院治疗。没过多久，我初中毕业的那年，我妈去世了。没钱办丧事，只能草草地把妈妈的遗体火化；没钱买骨灰盒，只能用妈妈生前的唯一一个首饰盒盛骨灰，然后埋在了我们家后面的一个土堆里。

妈妈病逝后，家里只剩下两个老人和十几岁的我。其实在乡下，女孩子能念完初中就不错了，提前定好亲事，等着嫁人就好了。但是我知道，那样一辈子看到头的生活不是我想要的，我想要继续念书，走出这里。爷爷也想让我继续念书，但是那时爷爷的全部积蓄只有两百多块，而我高中第一学期的学费要 500 元钱。眼看就要开学了，我和爷爷急得都在家里哭。后来，爷爷说让我去找多年未曾联系过的小姨，看看她能不能帮我。

当年我妈嫁给我爸的时候，我妈家里人都是极力反对的，所以嫁过来之后，和娘家那边的人基本上算是断了联系。所以，这次去找小姨帮忙，我心里是非常忐忑的。

到小姨家里说明情况后，小姨沉默了很久告诉说，让我回家先等着，两天后给我答复。我想应该是没戏了，可没想到的是，小姨第二天就来到我们家，塞给了我 700 元钱。我一边哭一边把那 700 元钱攥在手里，直到汗湿揉皱……我知道这 700 元钱会让我整个人生发生翻天覆地的变化。

上高中后，我拼命努力学习，珍惜每一分一秒时间，成绩一直在全校前三名。高中的那三年，都是小姨在照顾爷爷奶奶，让我安心在学校读书。后来，学校知道了我家的情况，鉴于我成绩十分优秀，是能考上重点大学的好苗子，所以帮我申请了助学补助。我加倍努力，考上了一所重点大学，还获得了助学奖学金。

我拿着录取通知书跑回家，爷爷看到后高兴得合不上嘴，奶奶和小姨哭成了一团，我这才知道，当年那 700 元钱是小姨连夜挨家挨户借来的。为了我，一家人都操碎了心。

但是大学四年中，爷爷奶奶相继过世，他们没能享福，没能等到我有能力孝顺他们。带着他们这辈子给我的爱，我拼了命地让自己变得更好更优秀更有能力。毕业之后，我成功进入了一家大型互联网公司，年薪数十万。

时过境迁，现在的我生活幸福，家庭美满，也有了一个乖巧可爱的女儿。但是年幼时的穷日子总感觉就在昨天，时刻提醒着我，那些可亲可爱的人，那些为你付出了一切的人，那些无私帮助过你的人，永远要用心珍惜，无论他们是否还陪在你身边。

20

美国著名的残疾运动员麦基的遭遇十分不幸，但他却是美国人心目中的英雄和传奇。

22 岁时，麦基风华正茂，刚从耶鲁大学戏剧学院毕业。一天晚上，一辆 18 吨重的卡车从第五大道第 34 街驶出来时，将他撞晕在地。当他醒来时，发现自己躺在病房里，左小腿已经永远失去了。

麦基没有放弃自己，在后来的八年里，他决心要把自己锻炼成全世界最优秀的独腿人。

失去左腿后不到一年，他开始练习跑步，不久便去参加十公里赛跑。随后，他又参加了纽约马拉松赛和波士顿马拉松赛，打破了伤残人士的记录，成为全世界跑得最快的独腿长跑运动员。

接着，他进军三项全能（也叫铁人三项）。那是一项强度非常大的运动，要游泳 3.8 公里、骑自行车 180 公里、跑 42 公里马拉松。这对只有一条腿的麦基来说，无疑是一个巨大的挑战。

但不幸又一次降临。1993 年 6 月，麦基在南加州的三项全能运动比赛中，骑着自行车以时速 56 公里疾驰，带领一大群选手穿过一个小镇，群众夹道欢呼。突然间，麦基听到群众尖叫声。他扭过头，只见一辆黑色小货车朝他直冲过来。

当时，比赛场地周围马路已几乎全部封锁，几个没有封锁的路口也有警察把守，没人知道这辆小货车是怎么闯进来的。

麦基对这次经历记得一清二楚。他记得群众尖叫，记得自己的身体飞越马路，然后一头撞在电灯柱上，颈椎“啪”的一声折断。他还模糊地记得自己被抬上救护车，然后就昏了过去。

接受紧急脊椎手术后，麦基醒来时，发现自己躺在重伤病房，一动也不能动。他清楚记得周围的护士都流着眼泪，一再说：“我们很难过。”

麦基四肢瘫痪了，当时他才 30 岁。

因为颈椎折断，麦基的四肢基本失去了功能，但仍保存少量神经活动，使他能稍微动一动手臂能抬起一点点，坐在轮椅上身子可以前倾，双手能做一些简单动作，双腿有时能抬起两三厘米。

麦基知道四肢尚有感觉时，有点激动。因为这意味着他有了独立生活的可能，无需 24 小时受人照顾。经过艰苦锻炼，麦基渐渐能自己洗澡、穿衣服、吃饭，甚至开经过特别改装的车子。医生对此大感惊奇。

医院对脊椎重伤病人的治疗，好似执行酷刑。每次麦基都痛得大声惨叫。治疗之痛苦漫长，让他觉得自己没有自我，没有过去，没有将来，也没有希望。

两个月后，麦基被转送到科罗拉多州一家康复中心。在他住的那层楼里，住的全是最近瘫痪的病人。他发觉，原来有那么多同病相怜的人，眼前的处境也并不陌生，伤残、疼痛、失去活动能力、康复、锻炼——所有这些，他都经历过。

于是，他永不向命运低头的精神又回来了。他对自己说：“你是过来人，知道该怎样做。你要拼命锻炼，不气馁，不怕苦，一定要离开这鬼地方。”

接下来的几个月，麦基再度变得斗志昂扬，复健速度之快，出乎所有人预料。

脖子折断之后仅仅六个月，他便重返社会，开始独立生活。又大约六个月之后，他在一次三项全能运动员大会上，发表了一篇激动人心的演说。

可是不管怎样努力，有些事实始终无法改变：他的手臂永远不可能再抬到高过头顶，而且永远不能再走路了。

明白了这一点后，向来不屈不挠的他泄气了。

1996 年，麦基获得 380 万美元赔偿金，决定迁居夏威夷。当时他对朋友说，去那里是为了写回忆录。其实，完全是为了逃避。麦基有个不想让任何人知道的秘密：他染上了毒瘾。他脖子折断后两年左右，认识了一个女人。那女人递给他一些可卡因，同情地说："试试这个吧。你苦够了，没人会怪你这么做。"

麦基心想："对啊，没人会怪。"

一天凌晨，麦基吸毒之后，转着轮椅来到一条寂静公路的中央。那是阿里道，他曾在这条公路上跑过马拉松。

麦基曾在阿里道赢得辉煌胜利，而这时却在道上思量去哪里再弄些可卡因。他知道该下决定了：要死还是要活？

"我才33岁，不想离开这个世界，"他想，"当然我也不想四肢瘫痪，但既然无法改变这事实，只好这样好好活下去。"

他不知道下一步该怎样做，但有一点很清楚：要是继续堕落，一定完蛋了。于是，他试着从另一角度看自己的问题："也许我的遭遇并非坏事，而是上天给我的美妙赏赐，令我有机会真正了解自己。"

从此，他彻底改变了。

现在，麦基住在新墨西哥州圣菲市，他在撰写论文，主题是神话史上的伤残男性。他正在加州圣芭芭拉市帕西非卡克研究所攻读神学博士学位。

命运掌握在自己的手中，你可以让它虚度，也可以让它充实，你可以承认失败，但不可以向命运低头。

21

著名演员史泰龙的健身教练哥伦布医生这样评价他：“史泰龙每做一件事都百分之百投入。他的意志、恒心与持久力都是令人惊叹的。他是一名行动家。他从来不呆坐着，等待事情发生，而是主动地令事情发生。”

史泰龙的父亲是一个赌徒，母亲是一个酒鬼。父亲赌输了，又打老婆又打他；母亲喝醉了也拿他出气发泄。史泰龙在拳脚交加的家庭暴力中长大，常常是鼻青脸肿，皮开肉绽。在这样的环境下成长，他的学业一无所成，不久就离开了学校，成了街头混混。

直到他20岁的时候，一件偶然的事刺激了他，使他醒悟反思：“不能，不能这样做。如果这样下去，和自己的父亲岂不是一样吗？成为社会的负担，带给众人和自己的都是痛苦。不行，我一定要成功！”

史泰龙下定决心，要走一条与父母迥然不同的路，活出个人样来。但是做什么呢？他长时间思索着。找份白领工作，几乎是不可能的。经商，又没有本钱。他想到了当演员——当演员不需要过去的清名，不需要文凭，更不需要本钱，而一旦成功，却可以名利双收。但是他显然不具备演员的条件，长相就很难使人有信心，又没有接受过任何专业训练，没有经验，也无“天赋”的迹象。然而，“一定要成功”的驱动力，促使他认为，这是他今生今世唯一出头的机会，最后的成功可能。在成功之前，决不放弃！

于是，他来到好莱坞，找明星，找导演，找制片，找一切可能使他成为演员的人，四处哀求：“给我一次机会吧，我要当演员，我一定能成功！”

很显然，他一次又一次被拒绝了。但他并不气馁，他知道，失败一定有原因。每次被拒绝之后，他就把它当作是一次学习机会。然后，痴心不改，再去找人。

两年一晃过去了，钱花光了，他便在好莱坞打工，做些粗重的零活。两年来，他遭受到了 1000 多次拒绝。

他暗自垂泪，痛哭失声。难道真的没有希望了吗？难道赌徒、酒鬼的儿子就只能做赌徒、酒鬼吗？当然不行，我一定要坚持下去，我要成功！他想到了另外一个方法——“迂回前进”：先写剧本，待剧本被导演看中后，再要求当演员。幸好现在的他，已经不是刚来时的门外汉。两年多耳濡目染，每一次拒绝都是一次口传心授，一次学习，一次进步。因此，他已经具备了写电影剧本的基础知识。

一年后，剧本写出来了，他又拿去剧本到处拜访导演，“这个剧本怎么样，让我当男主角吧！”导演认为他的剧本不错，但要让他当男主角是不可能的。他一次又一次地被拒绝了。

他不断对自己说：“我一定要成功，也许下一次就行，再下一次，再下一次……”

在他一共遭到 1300 多次拒绝后的一天，一个曾拒绝过他 20 多次的导演对他说：“我不知道你是否能演好，但至少你的精神感动了我。

我可以给你一次机会，但我要把你的剧本改成电视连续剧，先只拍一集，让你当男主角，看看效果再说。如果效果不好，你就从此断了这个念头吧！”

为了这一刻，他已经做了三年多的准备，终于可以一试身手。机会来之不易，他自然拼尽全力，全身心地投入其中。

第一集电视剧创下了当时全美最高收视纪录——他成功了！

日本松下集团总裁松下幸之助曾经说过：“人的一生，或多或少，总是难免有沉浮，不会永远痛苦潦倒，也不会永远如旭日东升。反复地一沉一浮，对每一个人来说，正是一次磨炼。所以，沉在底下的，用不着悲观；浮在上面的，更不必骄傲。我们必须以率真、谦虚的态度，乐观进取，向前迈进。”

22

他生长在一个普通的农户家里。家里很穷，他很小就跟着父亲下地种田。在田间休息的时候，他望着远处出神。父亲问他想什么？他说，将来长大了，不要种田，也不要上班，每天待在家里，等人给他寄钱。

父亲听了，笑着说：“荒唐，你别做梦了！我保证不会有人给你寄钱。”

后来他上学了。有一天，他从课本上知道了埃及金字塔的故事，就对父亲说：“长大了我要去埃及看金字塔。”父亲生气地拍了一下他的头说：“真荒唐！你别总做梦了。我保证你去不了。”

十几年后，少年成了青年，考上了大学毕业后做了记者，每年都出几本书。他每天坐在家里写作，出版社、报社给他往家里邮钱，他用邮来的钱去埃及旅行。他站在金字塔下，抬头仰望，想起小时候爸爸说的话，心里默默地对父亲说："爸爸，人生没有什么能被保证！"

他，就是台湾最受欢迎的散文家林清玄。那些在他父亲看来十分荒唐不可能实现的梦想，在十几年后都让他变成了现实。为了实现这个梦想，他十几年如一日，每天早晨 4 点就起床看书写作，每天坚持写 3000 字，一年就是 100 多万字。靠坚持不懈的奋斗，他终于实现了自己的梦想。

如果轻易放弃，梦想就只能是梦想。只有坚持不放弃梦想的人，才有可能让美梦成真。

23

在美国，有一个越战时期的残疾军人，有手无腿，却成为闻名遐迩的英雄。他的名字美国人无人不知——鲍勃·威兰德。他的名气并非来自于战功。在美国人的心目中，他是意志的化身，他是勇气的象征，他是奇迹的创造者。在教育子女的时候，人们总是说，要像鲍勃·威兰德那样！

1969 年，鲍勃·威兰德刚刚 23 岁，是一名棒球队员，小有名气。他接到了让远赴越南战场的征兵令，决定从军。不幸的是，在他刚到越南的第二个月，他就在越南西贡市近郊的亚热带密林中踩上了地雷，腰身以下被炸掉。他由一个高 190 厘米、体重 90 公斤的魁梧男子变成了不足一米高、有手无腿的残疾人。

面对这样的人生遭遇，灰心丧气以至轻生厌世都是可以想象的，但是威兰德没有，他选择了另外一种方式。

威兰德告诉关心他的人，没有了双腿，我还有双手，我可以用双手代替双腿。在医院里，他拒绝护理人员给他更衣，上下楼梯也拒绝护理人员搀扶。“我有双手，我什么还都能做。”他这样告诉护理人员。一开始，他很吃力，但不久就行动自如了。后来，他又学会了驾驶汽车，重新踏进了洛杉矶的大学校门，甚至考取了体育教师资格证。

威兰德自强不息的精神感动了许许多多的美国人，也感动了一位时装模特的芳心，她毅然冲破世俗的压力，与他一起走进结婚的殿堂。

不久，威兰德又做出了一个令所有美国人瞠目结舌的举动，他要用手跑完从洛杉矶到首都华盛顿的 5000 公里路程。几乎所有的人都认为这是个不可思议的决定。

5000 公里路程，沿途既有连绵起伏的山路，也有荒无人烟的戈壁沙漠，还有人迹罕至的原始森林。他的家人都极力劝阻他，舆论也在积极赞美的同时奉劝他为了身体三思而后行。但是威兰德下定了决心。他说：“我并不认为自己是个残疾人。只要是你想做的事情，那你就一定能够做到，就看你想不想做了。”

伟大的威兰德上路了。从一开始起程，他就成了美国舆论的焦点，几乎所有的美国报刊都始终关注着他的一举一动。所到之处，他都受到了空前的欢迎。无以计数的家长带着自己的儿女到威兰德的经过之地等待他的到来，他们要告诉自己的孩子，这个人就是那个征服自己的人，就是那个从来都不知道什么是困难的人，就是那个从来也不求助别人的人。

他耗费了整整3年零8个月零6天的时间，用自己的双手，从美国西部的洛杉矶走到了东部的华盛顿，跨越整个美国大陆，5000公里路程！其间，经历过45℃的沙漠高温，经历过-20℃的严寒，爬上过海拔2400米的崎岖峰顶。但坚强的威兰德都战胜了它们，他最终走到了华盛顿。

在他临近华盛顿的时候，整个华盛顿，或者说整个美国，万人空巷，像欢迎英雄一样欢迎他的到来。

他的那句话已经深入人心，激励着每一个自强不息的人：我是不会求助于别人的，谁都能够创造奇迹。

24

英国劳埃德保险公司曾从拍卖市场买下一艘船，这艘船原来属于荷兰一家船舶公司，1894年下水，在大西洋上曾138次遭遇冰山，13次起火，116次触礁，207次被风暴扭断桅杆，但是从没有沉没过。

劳埃德保险公司基于它不可思议的经历和在保费方面带来的可观收益，最后决定把它从荷兰买回来捐给国家。现在这艘船就停泊在英国萨伦港的国家船舶博物馆里。

使这艘船名扬天下的却是一名来此观光的律师。当时，他刚打输了一场官司，委托人也于不久前自杀了。尽管这不是他的第一次失败辩护，也不是他遇到的第一例自杀事件。然而，每当遇到这样的事情，他总有一种负罪感。他不知该怎样安慰这些在生意场上遭受不幸的人。

当他在萨伦船舶博物馆看到这艘船时，忽然有了一种想法，为什么不让他们来参观这艘船呢？于是，他就把这艘船的历史抄下来，和这艘船的照片一起挂在他的律师事务所里，每当商界的委托人请他辩护，无论输赢，他都建议他们去看看这艘船。

根据英国《泰晤士报》报道，截止到 1987 年，已经有 1200 多万人次参观这艘船，仅参观者的留言就有 170 多本。在留言本上，留得最多的一条就是——在大海上航行，没有不带伤的船。

25

凡·高在成为画家之前，曾到一个矿区当牧师。有一次他和工人一起下井，在升降机中，他陷入巨大的恐惧中。颤巍巍的铁索轧轧作响，箱板在左右摇晃，所有的人都默不作声。机器把他们运进一个深不见底的黑洞，这是一种进地狱的感觉。事后，凡·高问一个神态自若的老工人："你们是不是习惯了，不再感到恐惧了？"这位坐了几十年升降机的老工人答道："不，我们永远不习惯，永远感到害怕，只不过我们学会了忍耐。"

有些生活，你永远也不会习惯，但只要你活着，这样的日子你还得一天一天过下去，所以你就得学会克制，学会忍耐。

26

有一个人，从小被一对大学教授夫妇收养。两岁的时候，他突然就奇怪地停止长高了，健康状况也越来越差。经过专家会诊，发现他患有一种奇怪的病，这种病阻止他像同龄人一样正常发育。医生们认为他只能再活 6 个月了。还好，通过静脉注射营养液，勉强使他恢复了体力，但是他的生长发育受到了抑制。很多年里，他一直进进出出于各大医院，几乎没在家待过。

有时，他的姐姐苏珊会去滑冰场滑冰，他总是跟着一起去。他站在场外，那么虚弱瘦小、发育不良，鼻子里还插了一根直到胃里的鼻饲管。

一天，他看着他的姐姐在冰面上飞驰，突然转身对父母说："听我说，我想试试滑冰。"两个正在谈话的大人吓了一跳，难以置信地看着病弱的孩子。

结果是，他试了，他喜欢上滑冰，他开始狂热地练习。在滑冰之中他找到了乐趣，他可以胜过别人，而且身高和体重在滑冰场上并不重要。

在第二年的健康检查中，医生吃惊地发现，他竟然又开始长个儿了。虽然想达到正常的身高已经不可能了，但是他和他的家人都不在乎了。重要的是，他正在恢复健康，正在实现自己的梦想。

后来，没有哪个孩子会再嘲笑戏弄他了。正好相反，他们全都欢呼着冲上前去请他签名。他刚刚又一次参加了令人赞叹的世界职业滑冰巡回赛，一系列的高难度的冰上动作让观众如痴如狂。自 1981 年起，汉密尔顿连续赢取了 16 场全美及世界锦标赛冠军。在 1984 年的奥运会上，他获得了金牌，并被收藏进入美国及世界花样滑冰的名人纪念馆。

目前他已经退役，不再当职业滑冰选手了，但是他仍旧是冬季运动中受人尊敬的教练和评论员。

虽然他身高只有 1.59 米，体重才 52 公斤，但是他肌肉健美，精力充沛，这就是前奥运滑冰冠军斯科特·汉密尔顿，他自信而自强，身高无法限制他的信念和力量。

27

有一个女孩对足球十分痴迷，一个偶然机会，她被父亲送到了体校学踢足球。

在体校的时候，女孩并不是一个很出色的球员，因为此前她并没有受过规范的训练。女孩上场训练踢球时常常受到队友们的奚落，说她是“野路子”球员，女孩为此情绪一度很低落。

每个队员踢足球的目标就是进职业队打上主力。这时，职业队也经常去体校挑选后备力量，每次选人，女孩都卖力地踢球，然而终场哨响，女孩总是没有被选中，而她的队友已经有不少陆续进了职业队。

于是，女孩便去找一直对她赞赏有加的教练，教练总是很委婉地说：“名额不够，下一次就是你。”女孩似乎看到了希望，树立了信心，又努力地接着练了下去。

一年之后，女孩仍没有被选上，她实在没有信心再练下去。她为自己在足球道路上黯淡的前程感到迷茫，就有了离开体校放弃踢球生涯的打算。

一天，她没有参加训练，而是告诉教练说："看来我不适合踢足球了，我想读书，想考大学。"教练见女孩去意已决，默默地看着她，什么也没说。然而第二天，女孩却收到了职业队的录取通知书。她激动不已地去报了到。其实，她骨子里还是喜欢着足球。女孩这次很高兴地跑去找教练了，她发现教练的眼中同她一样闪烁着喜悦的光芒。教练这次开口说话了："孩子，以前我总说下一次就是你，其实那句话不是真的，我是不想打击你而告诉你说你的球艺还不精，我是希望你一直努力下去啊！"女孩一下子什么都明白了。

在职业队受到良好系统实战训练后女孩充满信心，她很快便脱颖而出。她就是获得 20 世纪世界最佳女子足球运动员的球星孙雯。

后来，孙雯讲述这段往事时，感慨地说："一个人在人生低谷中徘徊，感觉自己支持不下去的时候，其实就是黎明的前夜，只要你坚持一下，再坚持一下，前面肯定是一道亮丽的彩虹。"

图书在版编目（CIP）数据

有些事，一想就流泪 / 子言著. —北京：北京理工大学出版社，2016.3

ISBN 978-7-5682-1668-5

Ⅰ. ①有…　Ⅱ. ①子…　Ⅲ. ①散文集-中国-当代　Ⅳ. ①I267

中国版本图书馆CIP数据核字（2016）第 003439 号

出版发行 / 北京理工大学出版社有限责任公司
社　　址 / 北京市海淀区中关村南大街 5 号
邮　　编 / 100081
电　　话 / （010）68914775（总编室）
（010）82562903（教材售后服务热线）
（010）68948351（其他图书服务热线）
网　　址 / http：//www. bitpress. com. cn
经　　销 / 全国各地新华书店
印　　刷 / 三河市南阳印刷有限公司
开　　本 / 880毫米×1230毫米　1/32
印　　张 / 7
字　　数 / 132千字
版　　次 / 2016 年3 月第 1 版　2016年 3月第 1 次印刷
定　　价 / 32.00 元

责任编辑 / 李慧智
文案编辑 / 李慧智
责任校对 / 周瑞红
责任印制 / 李志强